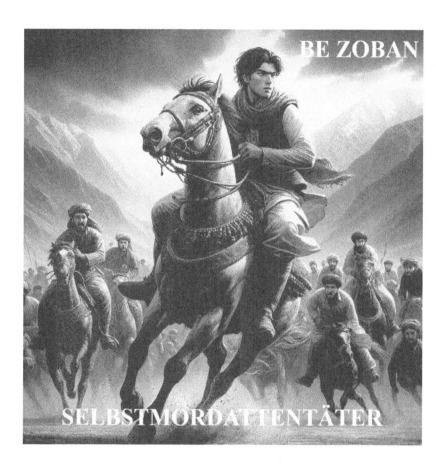

Erzählungen, gewoben aus afghanischer Träne

Herg. E. Roshan   Illu. E. Djojan

SELBSTMORATTENTÄTER

SELBSTMORATTENTÄTER

Geschichte, die du gerne liest.

Weitere Werke von Be Zoban:

DUFT DER LIEBE
HANNAH
DURCH MEINE AUGEN
HANNAH FORTSETZUNG
Und…

SELBSTMORATTENTÄTER

© 2024 Be Zoban Djojan
Herstellung und Verlag: BoD – Books on
Demand, Norderstedt
ISBN: 9783758367229

VORWORT

Du möchtest dem Rumor des Alltags entrinnen.
Du möchtest dich verlieren, dich in das Wesen eines anderen inkarnieren.
Du möchtest in selbsterwünschte Isolation eintauchen, dich in deiner Fantasiewelt verhaften.
Du möchtest das Leben, die Liebe vergessen und doch mit dem Leben, mit der Liebe lachen, Tränen vergießen, träumen - als lächeltest du für dich selbst, als vergössest du Tränen für dich, als träumtest du in dir;

GESCHICHTE, DIE DU GERNE LIEST.

SELBSTMORDATTENTÄTER

Herausgeberin: E. Roshan

SELBSTMORDATTENTÄTER

INHALTSVERZEICHNIS

1. Oma und ihre Weinrebe   9   bis   27

2. Kopfjagd   29   bis   60

3. Selbsterkenntnis   61   bis   78

4. Zwei für Eins   79   bis   95

5. Selbstopferung   97   bis   136

6. Selbstmordattentäter   137   bis   154

7. Stein der Versöhnung   155   bis   182

8. Überraschung   183   bis   198

SELBSTMORATTENTÄTER

Mutter, ich habe dich immer geliebt!

OMA UND IHRE WEINREBE

Meine Oma ist das Wunderbarste, das ich je in Erinnerung habe. Ich weiß nicht einmal, wie sie mit ihrem Vornamen hieß. Wir durften auch nie danach fragen. Für uns hieß sie einfach Omachen, immer wenn wir von ihr Geschenke bekamen oder von ihr Süßigkeiten erbaten. Und sie war Oma, wenn wir sie vor Fremden riefen oder von ihr sprachen. Nun weiß ich, dass sie die beste Oma der Welt war.

Wie alt sie war, wusste sie wahrscheinlich selbst auch nicht. Vielleicht fünfundsechzig, vielleicht siebzig, schwer zu schätzen. Doch soweit ich es in Erinnerung habe, sah sie immer gleich aus. Sie hatte graues Haar, zahlreiche Falten im Gesicht, und Hände, die von vielen Jahren harter Arbeit, Sonne und Witterung gezeichnet waren. Ihr fehlten einige Zähne. Sie war emotional und leidenschaftlich, aber auch vernünftig und kühn. Manchmal erweckte sie den Anschein eines zitternden, fallenden Blattes und manchmal wirkte sie wie ein stabiler, solider Felsen in der Brandung.

Sie ließ sich nie aus der Fassung bringen und trug ihre Bürden mit Würde. Wut und Jähzorn waren ihr fremd. Ich kann mich nicht daran erinnern, dass sie sich je über Menschen, Umstände oder Krankheiten beschwerte. Sie wirkte stets vollkommen zufrieden. Wenn wir als Kinder tobten und frech waren, bestrafte sie uns zwar, aber verriet es weder unserem Vater noch unserer Mutter. Besonders oft ärgerte ich sie und wartete immer mit großer Freude darauf, dass sie mir hinterherjagte. Doch konnte ich sie nie so weit bringen.

Uns war nie wirklich bewusst, wie sehr wir sie liebten. Ihre Anwesenheit war eine Selbstverständlichkeit, sie war ein Teil unseres Lebens, ein Stück von uns. Manchmal stritten wir miteinander, wer ihre Wasserpfeife reinigen und mit frischem Wasser auffüllen durfte. Ihre Gebete mochte ich aber nie, weil sie sehr lange dauerten, und oft bekam sie währenddessen feuchte Augen und manchmal weinte sie allein in aller Stille.

Ich vermutete, dass sie nicht wusste, wie wir hießen. Für sie war mein Vater, ihr Schwiegersohn, ihr Kind, meine Mutter, die Mutter mehrerer Kinder, ihr Kind, jeder in der Familie war ihr Kind. Wir waren neidisch und eifersüchtig, als sie unsere Cousinen und Cousins, die scheinbar zu uns böse waren, auch „mein Kind" nannte. In der Tat hasste sie keinen, redete kaum schlecht über jemanden und erinnerte sich an meinen verstorbenen Opa, der eigentlich zu grob und brutal war, immer respektvoll und inbrünstig.

Sie erzählte uns fast jede Nacht ein Märchen über Könige, Prinzen und Prinzessinnen, über Legenden und Mythen, die ich nie vergessen werde. Besonders in den Winternächten, wo wir Schulferien hatten, saßen wir alle rings um einen „Sandali" und hörten ihr aufmerksam zu.

„Sandali" ist eine traditionelle Heizung. Im Winter stellt man einen stabilen Tisch, bedeckt mit einer dicken großen Decke, in die Mitte des Zimmers. Unter den Tisch stellt man, genau in der Mitte, einen kleinen Ofen mit feuriger Glut, die mit Asche überschichtet ist, um die Wärme länger halten zu können. Statt des Feuerofens kann man einen kleinen elektrischen Ofen aufstellen. Offiziell sagt man, dass eine Heizung wie ein „Sandali" sicherheitsbedenklich sei, mir sind jedoch kein Feuerbrand oder kein Stromkurzschluss bekannt.

Auf jeden Fall saßen wir rings um den „Sandali", aßen Popcorn, Peanuts und Rosinen oder getrocknete Baumbeeren mit Walnüssen und gegarten gelben Erbsen und hörten Oma zu. Eine Unterbrechung kam nicht infrage. Es gab in der Tat keine Gelegenheit, um eine Frage zu stellen. Oma war eine Perfektionistin und wusste genau, wie man eine Geschichte spannend und interessant vortragen kann.

Ihr edles Gesicht und das feine, transparente Kopftuch, welches sie während der Erzählungen ab und zu zurechtrückte und damit ihr Haar bedeckte, sind noch immer wie ein lebendiges Bild in meinem Kopf einbetoniert.

Wir lebten in einem ziemlich großen zweistöckigen Haus, über welchem mein Vater, ein Bauingenieur, ohne Sondergenehmigung eine weitere Etage gebaut hatte. Der Hof war auch beachtlich. In einigen Ecken konnten wir Volleyball, Tischtennis, sogar Fußball spielen. Er war mit ein paar Blumenbeeten geziert. Stellenweise gab es Gras.

In einer Ecke wuchs eine riesengroße Weinrebe, die vielleicht genauso alt war wie Oma selbst. Der Baum war so hoch, dass seine Zweige die zweite Etage erreichten. Jedes Jahr im Herbst schnitt mein Vater seine Äste und Zweige, doch im Frühling brachte er neue Zweige und so wuchs und wuchs er.

Oma nähte immer wieder neue Beutel aus feinem Stoff für dessen Trauben, um sie vor Spatzen und anderen kleinen Vögeln zu schützen. Der Baum schenkte uns jedes Jahr unheimlich viele leckere, kernlose Weintrauben, sodass wir gar keine vom Markt zu kaufen brauchten. Wir schenkten sogar unseren Nachbarn und Verwandten davon.

Mein Vater bedeckte die unteren Äste, die voller Weintrauben waren, mit Heu und Stroh für den Winter. Die Beeren waren dann nicht mehr grün oder gelb, sondern bräunlich, etwas mollig, jedoch kalt, süß und lecker.

Im Frühling kochte Oma aus den jungen Blättern der Rebe mit Rinderhackfleisch eine delikate Spezialität.

Vermutlich liebte Oma diesen Baum genauso wie ihre Kinder. Zusammen mit dem Baum wuchsen wir, doch Oma blieb, wie sie war. Ich habe keine Veränderung an ihr feststellen können. Sie war nie krank und im Krankheitsfalle hatte sie immer ein Heilungsrezept parat. Wir gingen davon aus, dass sie alles heilen konnte.

Einst brach sich meine Cousine ihr linkes Bein und Oma hat es ohne ärztliche Behandlung mit Hilfe von Lammfleisch, Lamm Fett, Kurkuma, einer Bandage aus schmalen, geraden Brettern, verbunden mit einer stinkenden klebrigen Masse aus Honig, Kräutern und Mumie und darüber weißen Tüchern, geheilt.

Die Zeit verging rasanter, als wir dachten, riss die schöne Seite des Lebens mit sich und raubte unsere Kindheit und Jugend. Das Unheil suchte sich heim in unserem Land, das friedliche Leben machte die Bühne für Rebellion und islamistischen Terror frei. Überall Tote und Verletzte, Schüsse und Raketen, kaputte Häuser, Straßen und Ruinen. Unser Baum blieb auch nicht verschont davon. Er bekam einige Schusslöscher und Äste brachen ab.

Die Barbaren, religiöser Extremisten vernichteten jeden, der konventionell gekleidet war, keinen Bart trug oder etwas vom modernen Leben verstand. Mein Vater verlor seine Arbeit, die Schulen wurden geschlossen, Frauen und Mädchen durften überhaupt nicht aus dem Haus. Es wurden in allen Bereichen des Lebens Einschränkungen verhängt, es gab Ausfälle und Mängel in der Versorgung des Haushalts, es fehlten Lebensmittel, Gesundheitsvorkehrungen, Sicherheit, Strom und Wasser. Eine Katastrophe, ein Desaster.

Nach vielen Überlegungen entschied die Familie schweren Herzens, unfreiwillig, wie viele andere Menschen, das geliebte Land zu verlassen und nach Europa auszuwandern. Oma hatte jedoch Einwände und war damit nicht einverstanden. Sie argumentierte, dass im Fall ihres Todes sie ihre Überreste nicht in einem anderen, fremden Land heimatlos zurücklassen will und im Land ihres Urvaters begraben sein möchte. Die Islamisten würden ihr nichts tun und sie werde so lange auf das Haus und das Gut aufpassen, bis das Unheil vorüber ist und wir in das Land zurückkehren können. Obwohl sie den Baum nicht erwähnte, ahnten wir alle, dass sie sich von dem Baum nicht trennen konnte.

Wir schafften es endlich mit vielen Mühen, sie davon zu überzeugen, dass das Land, in das wir auswandern wollten, Germany heißt und wie ein Paradies auf Erden ist. Die Menschen dort sind verständnisvoll, nett und gastfreundlich. Letztendlich arbeitete mein Vater seit Jahren in einer Firma mit den Deutschen zusammen und pflegte nur Gutes über Deutschland zu berichten.

Wir redeten auf sie ein, dass es in Deutschland keinen Krieg, keinen Mord und keine Not gibt. Man verfügt über fließendes warmes Wasser, es gibt keine Stromausfälle, die Straßen sind sauber, es gibt weder ein Job-Problem noch Geldnot. Wir fanden noch tausende selbstgebastelte Komplimente.

Schließlich, als ein paar junge Mädchen aus der Nachbarschaft durch Islamisten entführt und geschändet worden waren und der unerwartete Tod an jeder Tür anklopfte, gab Oma nach und zwang sich, sich uns anzuschließen.

Mein Vater verkaufte das Haus und wir mussten alle unsere Habe, sogar Omas uralte Schmuckstücke, den Schleuserbanden, unseren wahren Helfern und Helden, aushändigen, um die Urkundenfälschungen und die anderen Kosten abzudecken. Wir sind alle zusammen in Deutschland eingereist.

Wir hatten Glück. Unser Flieger landete, nach einem Zwischenstopp in Bagdad und Istanbul, zu später

Stunde eines Abends in Frankfurt. Der Himmel war bedeckt, doch die Sterne funkelten uns von unten an.

Oma, die fast nie aus der Heimatstadt herausgekommen war, war fasziniert, und trotz der Müdigkeit genoss sie die abenteuerliche Flucht. Sie beobachtete Frankfurt von oben und meinte begeistert, dass dies tatsächlich ein Paradies wäre. Solche Beleuchtungen hatte sie sich nur im Paradies vorgestellt. In dem Moment dachte Oma, dass bei der Landung irdische Engel auftauchen würden, die sie mit einer verständlichen Sprache ansprechen und ins Federbett begleiten würden. In der Tat dachten wir alle mehr oder wenige dergleichen und hatten hohe Erwartungen und Vorstellungen.

Jedoch was danach geschah, war nicht nur für Oma, sondern für uns alle mehr als ein Alptraum. Das Asylantenheim, die übliche Prozedur, Demütigungen in der Unterkunft und auf der Straße, ein Regen von hasserfüllten Blicken, Hektik, Missverständnisse und Nichtverständnisse, Einsamkeit, Mittel- und Machtlosigkeit und der Mangel an Wärme, Schutz und Zusammenhalt übertrafen unser Vorstellungsvermögen und machten das Klima unerträglich.

Die Rückzugsbrücken waren alle geschlossen, nach vorne konnten wir uns nicht schleppen und auf der Stelle stehenzubleiben war schwer und mörderisch. Wir begannen uns über die neue Entwicklung der Dinge zu beklagen, besonders mein Vater, der nur positive Vorstellungen hatte, fing an von Skepsis zu Pessimismus zu springen.

Oma tröstete uns, indem sie sagte, dass alles gut werden würde und wir müssten das Benehmen der

Menschen nicht im Herz tragen, da die normalen Deutschen, die kein Interesse an der Politik haben und sich nur auf die Freude am Leben und ihr eigenes Wohlhaben fokussieren, nicht wissen können, wie viel ihre Politiker mit ihrer fehlerhaften Politik und Desinformation dazu beigetragen haben, dass die Islamisten uns außer Landes jagten. Sie sagte weiter, woher soll den normalen Menschen interessieren, dass wir ein Recht hätten, uns irgendwo auf dem Planeten Erde zu beheimaten. Doch wir missachteten ihre Worte.

Mein Vater war zu alt, um einen passenden Job zu finden. Ich, der in einem amerikanischen College Architektur studiert hatte, musste mich als unqualifizierter Berufskraftfahrer zufriedengeben. Den anderen erging es noch schlimmer. Der Elektroingenieur musste als Maler arbeiten, der Technikingenieur vergnügte sich als Taxifahrer, der Germanist und Universitätsdozent musste in einer Jugendherberge tätig werden, nur die kleinen hatten bestimmt eine Chance, sich eine Zukunft aufzubauen, vorausgesetzt, dass sie nicht der schlechten Seite der liberalen Freiheit zum Opfer fielen.

Unser Familiengefüge musste eine andere Richtung einschlagen, besser gesagt, sich in verschiedene Richtungen orientieren.

An einem Freitagnachmittag, als ich nach dreiwöchiger Tour im In- und Ausland, meine achtundvierzigstündige Ruhepause machen durfte, musste ich Oma, die nun als unbrauchbar galt, nach einem Zusammenbruch in die Notaufnahme begleiten. Es konnte keiner für sie da sein. Jeder war mit seiner Arbeit und seinem Leben beschäftigt, um für den Selbstunterhalt zu sorgen, um zu überleben. Nachdem wir die Formalitäten überstanden hatten, durften wir im Wartezimmer platznehmen. Im Warteraum warteten viele andere Patienten, deren Beschwerden von akuten Bauchschmerzen bis zu Knochenbrüchen reichten, auf eine Behandlung.

Fürsorglich und leidenschaftlich versuchte ich Oma, die noch nie bei einem Arzt gewesen war und sehr nervös wirkte, zu beruhigen und ihr auf unserer Heimatsprache alles zu erklären, als eine wartende ältere Dame mit einem vornehmen Gesicht, die vielleicht in Omas Alter war, ohne Vorwarnung und genervt rief:
„Hier wird deutsch gesprochen!"

Dieser Satz löste bei einigen Patienten, trotz ihrer Schmerzen, lautes Gelächter aus. Bei einigen anderen, die verständnisvoll waren oder deren Schmerzen es ihnen nicht erlaubte, laut zu lachen, war nur noch ein Lächeln zu erkennen. Daraufhin habe ich höflich gefragt, wo es geschrieben stehe, in welcher Sprache man sich unterhalten dürfe. Auf eine Antwort brauchte ich nicht zu warten.

Oma, die sich nie aus der Fassung bringen ließ und immer ein Lächeln auf den Lippen hatte, richtete ihren feinen Schleier zurecht und sagte mir:
„Sie macht sich bestimmt Sorgen um mich."
Obwohl man aus dem Ton der älteren Dame ihre Absichten deutlich erkennen konnte.

Ich äußerte mich etwas irritiert:
„Ja, Oma, sie macht sich Sorgen um dich."
Daraufhin offenbarte Oma der Dame ihre Dankbarkeit mit einem breiten Lächeln und einem wohlwollenden

Kopfnicken.

Nach etwa vierstündiger Wartezeit, als wir gerade aufbrechen wollten, da Oma ihr Abendgebet erledigen musste, wurde unser Name gerufen. Der junge Arzt begrüßte uns sehr herzlich. Oma weigerte sich jedoch, ihm die Hand zu schütteln. In meiner Anwesenheit entkleidete sie sich auch nicht und bei jeder Berührung des Arztes zuckte sie zusammen, was auch für den verständnisvollen Arzt zu viel schien.

Der Arzt stellte einige Fragen, die ich weder ganz verstand noch richtig beantworten konnte. Er wirkte jedoch etwas besorgt und ordnete einige Maßnahmen an, die, wie wir später herausbekamen, sehr lebenswichtig waren, doch weil Oma sich mit aller Härte weigerte, sich untersuchen zu lassen, haben wir es mit der Zeit vernachlässigt.

In diesem Moment beruhigte ich Oma, indem ich ihr berichtete, dass sie kerngesund sei, aber sie müsse viel spazieren gehen. In der Heimat war es nicht üblich, dass die Ärzte oder Heiler den Patienten direkt ins Gesicht sagten, wie schlimm ihr Gesundheitszustand war, denn dadurch konnte der Patient entmutigt und psychisch belastet werden. In der Tat vermutete der Arzt, dass Oma, die unter Depressionen und einer Zuckerkrankheit litt, Nierenkrebs haben könnte. Wir hatten ihre Erkrankung auf die leichte Schulter genommen, wohl weil sie so vital wirkte.

Am Samstag beschloss ich, Oma zum Einkaufen mitzunehmen. Wir fuhren mit meinem VW Golf zum Discounter. Oma, die lediglich ein paarmal mit meiner Mutter zum Modeladen Einkaufen gegangen war und keine Ahnung hatte, wie das alles lief, ging davon aus, dass alle sie beobachteten, lächelte jeden Passanten an, was, mit einer netten Ignoranz, gar als Missverständnis aufgenommen wurde. Ihr Minderwertigkeitsgefühl war in dem Benehmen und der Körpersprache der einst stolzen Oma deutlich zu erkennen.

Bei den Backwaren übersah Oma die scherenförmige Zange und wollte ein Brötchen mit der Hand herausziehen. Eine Engelsgesicht Dame, die zufällig danebenstand, sah irritiert der Szene zu, schlug ohne Vorwarnung auf Omas Hand und sagte mit sichtlicher Verachtung auf Türkischdeutsch, dass sie es nicht anfassen dürfe. Um mich zu besänftigen und vor einer übermäßigen Reaktion zu bewahren, sagte die schockierte Oma unverzüglich zu mir:
„Das hat gar nicht weh getan, ihre Hand war zu weich."

Nichtsdestotrotz mahnte ich mit meinem französischen Akzent die nette Dame, dass sie so etwas nicht tun dürfe, dass es Körperverletzung und strafbar sei. Daraufhin wandte sie uns ihren Engelsrücken zu, ohne sich zu äußern, und ging davon. Stattdessen erlaubte sich ein junger Mann in meinem Alter, zu sagen, dass es besser wäre, wenn die Ausländer in einem ausländischen Akzent reden würden. Ich fand zu meiner Bestürzung keine passende Antwort für ihn, habe mich bei ihm für seinen brüderlichen Rat auf Deutsch bedankt und ihm meinem Teufelsrücken zugedreht. Das angefasste Brötchen haben wir selbstverständlich gekauft.

Wir sind weiter durch den Laden gewandelt, und am Obststand wollte ich von den vielen exotischen Früchten aus der ganzen Welt, von Italien bis Brasilien und Asien, die türkischen Weintrauben, die ich nicht mit den bloßen Händen anfasste, sondern sorgfältig mit einer Plastiktüte entnahm, in den Einkaufswagen werfen, als Oma zu heftig auf meine Hand schlug und lächelnd sagte, dass wir keine Weintrauben brauchten.

Omas Aktion war mir todpeinlich, sodass ich hin und her äugte, ob jemand uns beobachtete, dann sah ich überrascht, wie sie kicherte und mir zufrieden zuzwinkerte. Ich war erstaunt, weil ich so lange auf Omas Schlag gewartet, jedoch nie einen kassiert hatte. Warum also jetzt, in aller Öffentlichkeit, im Supermarkt? Dann war ich froh darüber, dass Oma noch lernfähig war, mindestens etwas Zivilisiertes gelernt hatte und sich allmählich in die Gesellschaft integrierte.

Am Sonntagnachmittag, bevor ich zu meiner dreiwöchigen Schicht losfuhr, schlich ich wie gewöhnlich, ohne anzuklopfen in Omas Zimmer, um Abschied zunehmen. Oma saß wie immer auf ihrem Bett, starrte auf den Stachelbaum, der sich aufrecht und stabil direkt vor ihrem Fenster erhob und die Wege des Lichtes versperrte. Als sie meine Anwesenheit nicht bemerkte, flüsterte ich schmeichelnd:
„Oma, lass mich einen Fernseher in dein Zimmer bringen."

Schockiert drehte sie sich mir zu und ich sah zum ersten Mal, was ich bis dahin nicht gesehen hatte. Ich sah Tränen in Omas Augen, ich sah sie heulen. Ich sah Oma schluchzen. Außer während des Gebetes hatte sie niemand je Weinen gesehen. Sie war die stärkste von uns allen. Sie war ein Fels in der Brandung, an den wir alle uns anlehnten und Schutz suchten. Sie war ein

Topf, wo wir uns die Augen ausweinten und in den wir die Tränen tropfen ließen. Nun weinte sie selbst, bald in aller Stille, bald schluchzte sie. Ein Dammbruch war geschehen. Zum ersten Mal ist mir aufgefallen, dass Oma alt war. Eine unerschütterliche Wahrheit, die ich zu übersehen pflegte.

Ich kann es nicht beschreiben, wie ich mich in dem Moment fühlte, ob ich überhaupt etwas fühlte. Wo ich stand, weiß ich nicht mehr. Ich weiß nur, dass ich mich plötzlich und ungewohnt in Omas Armen befand. Sie umarmte sonst niemanden, vielleicht nur meine Mutter, doch nun ließ sie es geschehen. Sie zitterte am ganzen Körper, wie ein dünner Baum im starken Wirbelsturm, wie ein naives Kind, das gerade aus dem kalten Wasser kam. Ihre Tränen befeuchteten meinen Nacken.

Ich merkte, dass auch ich unbewusst weinte, ich schluchzte laut, ohne zu wissen warum. Ich spürte Oma. Ich habe meine Oma verstanden und erahnte, dass Oma mich verstand. Nach einer Weile sagte ich spontan, aber entschlossen:
„Oma, ich bringe dich heim, egal was es kostet."

„Vielleicht nur meine Leiche, mein Kind, wenn sie in diesem Paradies keinen Platz findet", sagte sie, während sie mich noch immer in ihren Armen, die nicht mehr zitterten, festhielt.

„Lass solchen Quatsch, Oma!", sprach ich, indem ich versuchte, das Zittern in meiner Stimme zu verbergen.

Sie ließ mich los und fuhr fort:
„Versprech es mir, dass du von dem, was du eben gesehen hast oder was ich dir jetzt erzähle, solange ich

noch lebe, keinem ein Wort sagst."

„Ich verspreche es, Oma", versicherte ich ihr, obwohl sie wusste, dass es nicht meine Art war, Dinge weiter auszuplaudern.

„Ich habe gestern Nacht geträumt, dass unsere Weinrebe ausgetrocknet ist", sagte sie mir leise, als ob sie Angst hätte, dass jemand uns belauschte.

„Wir können eine neue anpflanzen, Oma", sagte ich, ohne zu wissen, wann und wie.

„Vielleicht für dich und deine zukünftigen Kinder," nahm sie mich ernst.

Ich versuchte mich und auch sie weiter zu ermutigen: „Nein, Oma, für dich, für uns."

Sie musterte mich mit ernsthafter Miene und sprach ruhig und leise:
„Was denkst du, Kind? Denkst du etwa, dass ich das alles nicht merke? Ich spüre die Blicke und Körpersprache dieser Menschen, sie zeigen Hass und Verachtung. Ich bin alt, aber nicht dumm, mein Kind. Seit ich von zuhause weg bin, bin ich buchstäblich eine wandelnde Leiche. Ich bin nicht mehr ich selbst. Ich ahnte es schon damals, deswegen wollte ich nicht aus dem Land. Ich bin hier fehl am Platz, keiner versteht mich, keiner will mich verstehen. Das hat mit der Sprache nichts zu tun, sondern hat andere tiefe Gründe, tiefe Wurzeln. Wir sind anders aufgewachsen, aus anderem Holz geschnitzt. Geld ist nicht alles, was man fürs Leben braucht. Es fehlt für uns hier die Wärme, der Halt und der Schutz. Die Menschen hier wissen nicht,

was sie uns antun. Sie können nichts dafür. Vielleicht würden sie sich genauso fühlen, wenn sie einsam und heimatlos wären. Deswegen lächele ich jedem zu und nehme es nicht übel, wenn sie mich nicht verstehen oder ignorieren. Denkst du, dass ich nicht verstanden habe, was die Frau gemeint hat?"

„Ach, Oma!"

„Schweige!", befahl sie mir.

Ich lächelte und schwieg. Sie fuhr in ihrem Monolog fort:
„Zuhause kamen alle zu mir, respektierten mich, küssten meine Hände. Hier sind meine Hände dreckig. Ich bin eine ahnungslose, überflüssige alte Närrin. Ich habe dort mit jedem geredet, Geschichten erzählt, Märchen erzählt. Hier hat keiner Zeit für sowas, selbst meine Kinder haben keine Zeit für mich. Tagein, tagaus rede ich kein einziges Wort. Meine Tochter ist verwirrt, ihrem Ehemann geht es noch schlimmer. Sie streiten permanent miteinander. Sie machen sich gegenseitig Vorwürfe, dass der oder der oder eben ich daran schuldig war, dass wir von zuhause weg sind. Ich fand für alle Probleme einen Ausweg, eine Lösung, hier bin ich selbst ein Teil des Problems. Ich bete und rede mit Gott, er kann jedoch auch nichts dafür."

Sie zwinkerte mir zu, richtete sich langsam auf, sah etwas erleichtert aus. Zum ersten Mal schaute ich intensiv in ihre Augen und ich musterte ihr Gesicht. Sie weinte nicht mehr, aber sah irgendwie zwanzig Jahre älter aus als ein Jahr zuvor. Sie ging zu ihrer Tochter, um Tee zu trinken. Ich verabschiedete mich schwermütig und ging, in Gedanken versunken, zur

Arbeit. Mein Herz blieb bei Oma.

In meiner zweiten Ruhepause nach dieser Begegnung sah ich Oma zu schwach, zerbrochen und unbeweglich. Sie verständigte sich mit mir nur mit ihren Augen. Ihr berühmtes Lächeln war jedoch vorhanden. Sie fragte mich aus ihrem Unterbewusstsein heraus, wie in Trance, mit schwerverständlichen Worten nach ihrer Weinrebe, bevor sie murmelte;
„Gott ist groß, es gibt keinen anderen außer Gott."

Ich fühlte mich schuldig und lächerlich, als ich ihr die Lügengeschichten erzählte und leere Versprechungen machte.

In meiner darauffolgenden Schicht bekam ich die schockierende Nachricht. Ich wusste, dass sie alt war und ihr Tod eine natürliche Konsequenz, dennoch wurde ich durch diese Nachricht sehr benommen und ergriffen, denn, abgesehen von ihrem warmen Platz in meinem Leben, fühlte ich mich verantwortlich. Ich fühlte, dass wir sie getötet hatten.

Nach ihrer Beerdigung wurde uns allen bewusst, wie sehr wir Oma liebten. Ihr Platz blieb für immer leer, nur in unseren Herzen blieb sie lebendig. Oma fehlte uns für den Moment und für alle Ewigkeit.

Während ich gewaltige Tränen vergoss, sagte ich zu aller Bestürzung und Empörung:
„Wir haben sie umgebracht!

****

Ich verneige mich vor dir, Mutter!
Ich verneige mich vor dir, Frau!

MUTTER

Als meine winzigen Finger
die raue Welt
nicht greifen vermochten,
lehrten mich deine zarten Hände,
was kalt, was heiß war.

Als meine kleinen,
unbeholfenen Schritte
eine Ewigkeit brauchten,
um meine Wiege zu erreichen,
passtest du deine Schritte mir an,
nahmst mich auf deinen Schoß
und zeigtest mir
meine kleine Welt
durch deine Augen.
Jedoch war dir noch nicht gewahr,
ob es in meinem kleinen Herzen
einen Platz für dich gab.

Nun bist du ein Stück Ewigkeit,

SELBSTMORDATTENTÄTER

betrachtend meine rauen Hände,
flüstere ich mir zu,
wie sanft
könnte ich dich jetzt
durch das Leben tragen
und deine Seele
sollte wahrlich wissen,
dass mein großes Herz dir ruft:

"Mama,
  habe dich immer geliebt."
„Mama,
  ich liebe dich…"

SELBSTMORATTENTÄTER

SELBSTMORATTENTÄTER

SELBSTMORATTENTÄTER

DIE KOPFJAGD

Seit Generationen wird das Dorf Manzi in der Südsee Nordamerikas von dem Indianerstamm Dajak Borneos besiedelt und bewohnt. Die Menschen im Dorf sind gesittet und profan, sie sind ein Teil der Natur und die Natur ist ein Teil von ihnen. Sie helfen sich gegenseitig in einer kohärierenden Symbiose zueinander, um sich zu vervollständigen, zu leben und zu überleben.

Tom Zumo war von Geburt an ein Jäger. Als er etwa ein Jahr alt wurde, war sein Vater Oham ständig abwesend. Manchmal war er auf der Jagd, was neue Vorschriften erschwert und zudem eingeschränkt hatten. Manchmal wurde auch mit den anderen Erwachsenen im Dorf geraucht oder geklatscht. Manchmal nahm er auch an Zeremonien teil und vertiefte sich in das Tanzen, Singen, Trinken oder Beten. Um seine vier Töchter und einen Sohn kümmerte sich die Natur.

Toms Mutter, Sinara war rund um die Uhr in Begleitung der anderen Frauen des Dorfes auf der Suche nach Wurzeln unterwegs, die als Nahrung oder Heilmittel verwendet wurden. Sie sammelten und reinigten die Wurzeln sorgfältig, um sie dann zuzubereiten, zu servieren oder zu bewirtschaften.

Bekleidet mit einem schäbigen Stoff am Leib, der als Hemd, Unterhemd oder als Gewand galt und nie gewechselt wurde, als wäre dies ein fester Bestanteil seines Daseins, kroch Tom, unbeobachtet von seiner Schwester Pior aus der Hütte. Obwohl sie eigentlich die Aufgabe hatte, ihn zu beaufsichtigen, jedoch sich kaum drum kümmerte. Er ging auf die Jagd nach Käfern und anderen Insekten, manchmal sogar nach Skorpionen. Das Schürfen auf seinen Knien, Beinen und Händen machte ihm nichts aus, denn er war den harten Boden und die Kieselsteine gewöhnt.

Als er größer wurde und seine Zähne allmählich zum Vorschein kamen, aß er seine Beute auf der Stelle. Erstaunlicherweise vertrug sein Magen die harten, knusprigen Insekten, und ihm wurde nie schlecht.

Tom wuchs und wuchs mit der Natur, mit dem Dschungel zusammen, auf sich allein gestellt, ohne Angst und Furcht vor der Dunkelheit, vor bösen Geistern, Tieren oder bösen Menschen. Mit der Zeit steigerte sich seine Ambition noch, und seine Jagdbeute bestand hauptsächlich aus Schlangen, Dschungelratten, Hasen und anderen kleinen Tieren, die er mit den bloßen Händen, einem Ast oder einem Stein erlegte, und dann mit seinen Geschwistern teilte.

Schon als Kind kletterte Tom ohne Schwierigkeiten auf die Bäume und ihre Wipfel, wenn es um die Jagd oder das Obstpflücken ging. Er scheute sich noch nicht einmal vor den Höhen der kahlen Kokospalme, die einen beträchtlichen Teil der Nahrungsbeschaffung für seine Familie ausmachte.

Der vierzehnjährige Tom erhielt zusammen mit den anderen gleichaltrigen Jungen seines Stammes nach einer traditionellen Zeremonie auf dem Meydan, dem Dorfplatz, eine Lanze und zusätzlich von seinem Vater einen Dolch und einen Bogen mit Pfeilen. Es überraschte niemanden, als er nach ein wenig Übung seine Jagdinstrumente genauso gut beherrschte wie die erwachsenen Jäger des Stammes. Sein Vater Oham war stolz auf ihn.

Tom hatte Träume und Visionen, ein großer Jäger zu werden. Meistens ging er allein tief in den Dschungel, lauschte den heimlichen und unheimlichen Geräuschen der Stille und entdeckte dabei immer wieder etwas Neues. Am Anfang war alles spielerisch, doch allmählich wurde es für ihn ernsthaft und interessant.

Begeistert von dem Spektrum der Umgebung, saß er manchmal stundenlang im Schneidersitz auf einer Lichtung, nahm sein inneres Wesen wahr und wartete auf sein Totem. Er wurde in dieser Hinsicht, zusammen mit den anderen Jungen des Dorfes durch den Priester des Stammes, Saduq, eingeweiht.

Gemäß der Lehre war das Stammestotem der schwarze Panther oder Schamanenpanther, den man ohne den Willen und die Einwilligung der Götter nicht jagen durfte.

Dem Totem zu begegnen, war der Wunsch eines jeden Erwachsenen des Stammes. Der Überlieferung nach war jenes Totem ein Talisman, der Kühnheit, Weisheit und ein ewiges Leben nach dem Tode mit sich brachte.

Alle großen Stämme hatten ihr eigenes Totem, oft repräsentiert durch seltsame Tiere wie den schwarzen Panther, den schwarzen Bären, den weißen Löwen, den Adler, einen Wolf mit unterschiedlichen Augenfarben, eine Schlange und Ähnliches.

Tom Zumo wartete und wartete unermüdlich auf seinen

Panther. Während er wartete, verfiel er in Trance, tauchte in eine Art genialer Meditation ein, ohne es zu wissen, und nahm jedes Geräusch wahr. Nach und nach erlangte er die Fähigkeit zu erkennen und zu unterscheiden, wenn sich ihm ein Vogel, ein Rehbock, ein Kleintier, sogar eine Schlange näherte. Der Panther erschien jedoch nicht.

Er wurde immer nachdenklicher und kümmerte sich kaum um die traditionellen Spiele der anderen Jungen und lebte unbewusst abgeschirmt und isoliert von der Gesellschaft. Seine einzige Gesprächspartnerin war seine ältere Schwester, Pior, die gerne Bruchteile seine Erzählungen mit den anderen Mädchen des Dorfes weiterplauderte.

Tom galt als eigensinnig und war im Dorf als Einzelgänger bekannt. Die Mädchen umschwärmten ihn und die Jungen beneideten ihn. All dies kümmerte ihn jedoch nicht, stattdessen betete er offen und insgeheim zu den Göttern um eine Begegnung mit dem Totem. Das war sein erstes Ziel, sein Privileg.

Bei der Jagd, Behändigkeit und dem schnellen Hinterherlaufen der getroffenen Tiere konnte ihm niemand das Wasser reichen. Er brachte die Beute zu seiner Jagdgesellschaft, ohne sie ein einziges Mal zu verfehlen. Tom verabscheute überflüssiges Lob und mied sichtbar jede Art von Triumph, Arroganz und Angeberei. Man hatte ihn kaum je euphorisch gesehen. Er war Tom, der Einzigartige, der Stille und auf seine eigene Weise beliebt. Fast alle suchten seine Freundschaft und seine Nähe.

SELBSTMORDATTENTÄTER

Nach Stammessitte wurde jeder sechzehnjährige Junge und jedes vierzehnjährige Mädchen für mündig und heiratsfähig erklärt. Jedes Jahr vor der Regenzeit fand ein großes Fest statt, und nach dem Essen, Trinken, Tanzen, Singen und Segnen mussten die zu heiratenden Mädchen ihren zukünftigen Ehemann wählen. Es herrschte eine gewisse traditionelle hierarchische Kastendemokratie in der Gesellschaft. Demnach waren zunächst die Töchter des Priesters und des Häuptlings an der Reihe und danach die anderen Mädchen.

Im Dorf Manzi wäre dies in der Tat nicht nötig gewesen. Fast jeder wusste, wer wen wählen wird. Dennoch mussten die Traditionen eingehalten werden, und wenn es um Feierlichkeiten ging, waren alle mit Freude und vollem Einsatz dabei.

Wie immer standen die Jungs in einer Phalanx mit nacktem Oberkörper und warteten auf ihr Glück. Tom war mit seinem athletischen, gebräunten Oberkörper, den langen schwarzen Haaren, die ihm bis auf die Schultern fielen, und der leicht abgeflachten Nase, die seine markanten Gesichtszüge ergänzte, nicht zu übersehen.

Die Mädchen wählten die Jungen, und diese traten dann feierlich an sie heran, um mit ihnen eine Runde zu tanzen, wie bei einem wilden Schwanentanz. Insgesamt waren es neun Mädchen und zwölf Jungen. Vor der Ankündigung wusste jeder im Dorf, wer sie waren und wer wem entsprach.

Zunächst forderte Akomo, die Tochter des Häuptlings, Abatschi Kako, den achtzehnjährigen Sohn des Priesters auf, der für ein Jahr außerhalb des Dorfes gewesen war, die Welt gesehen und etwas Lesen und Schreiben gelernt hatte. Er war offenbar für das Amt des zukünftigen Priesters bestimmt. Er hatte einige Zaubertricks und Voodoo von seinem Vater gelernt, für die er zur Geheimhaltung verpflichtet war. Schon jetzt sprach er etwas inszenierend ruhig mit einem gewissen Nachdruck, sang und tanzte rhythmisch. Auch seine äußere Erscheinung war etwas anders. Er erschien nicht mit nacktem Oberkörper wie die anderen Jungs, er trug ein T-Shirt.

Als er ohne großen Enthusiasmus vortrat, brach ein lauter Jubel los. Alle Anwesenden begannen zu klatschen und rhythmisch über den staubigen Boden zu treten. Er trat ein paar Schritte vor, verbeugte sich vor seinem Vater und dem Häuptling, nahm dann die Herausforderung des Mädchens, Akomo an und tanzte eine Runde mit ihr, gefolgt von allen. Sein Auftritt war eine beschlossene Sache.

Dann herrschte, wie vorgeschrieben, Stille. Gulien, die vierzehnjährige korpulente Tochter des Priesters, musste sich nun entscheiden. Sie trat einen Schritt vor. Schüchtern mit gesenktem Kopf. Man konnte ihre geschmückten Locken und den sauber geschnittenen Scheitel mehr sehen als ihr hübsches rundes Gesicht, die flache Nase und die großen schwarzen Augen. Ohne zu zögern, deutete sie an Tom Zumo.

Es brach ein Jubel aus wie ein Donnerschlag. Alle nickten mit dem Kopfe und breit lächelndem Mund, erstaunt über die Klugheit des Mädchens. Die anderen Mädchen wurden jedoch etwas wütend und erröteten vor Neid.

Tom, der geistig abwesend war, zuckte vor Überraschung zusammen und wusste für einen Moment nicht, wie er reagieren sollte. Eine Ablehnung wäre für das Mädchen sehr peinlich und könnte auch Feindseligkeit seitens des Priesters gegenüber ihrer Familie bedeuten. Inmitten der vorherrschenden ekstatischen Freude konnte niemand ahnen, was vor sich ging, außer Pior, seiner Schwester, die anhand von Toms Erzählungen gespürt hatte, dass etwas in der Luft lag. Die anderen nahmen es gelassen an, da sie davon ausgingen, dass Tom eben ein außergewöhnlicher Junge war.

Die Dorfbewohner waren einheitlich davon überzeugt, dass er aufgrund seiner Intelligenz, Schweigsamkeit und Tatkraft, irgendwann Häuptling werden konnte, da der gegenwärtige Häuptling alt war und keinen Sohn gezeugt hatte.

Pior, bereits verheiratet und Mutter einer Tochter, genoss noch immer das Vertrauen ihres Bruders. Tom erzählte ihr von seinen Besuchen im Dschungel, seinem geheimen Ort, seinen Träumen, seinen Illusionen, seiner Vision, ohne Hemmungen oder Verstellung. Er erzählte ihr ausführlich von den bösen Geistern, die versuchten, seinen Plan zu vereiteln. Sie hörte aufmerksam zu und stellte gelegentlich Fragen. Sie sorgte sich um ihren Bruder, erlaubte sich jedoch nicht, ihre Besorgnis zu zeigen, um ihn nicht zu entmutigen oder von seinem Vorhaben abzubringen.

Eines Tages kam Tom von seinem Ritual ungewöhnlich früh zur Hütte zurück. Pior, die gerade bei ihrer Mutter zu Besuch war, sah ihren Bruder sehr aufgeregt, reserviert und etwas verwirrt. Sie eilte zu der Ecke, wo

Tom seine Ruhe suchte, und fragte ihn flüsternd:
„Was ist passiert? Du siehst blass aus. Heute bist du auch früher heimgekommen."
Tom schaute seine Schwester mit vielsagender Blicke an, blieb jedoch stumm.
Sie fragte neugierig weiter:
„Hast du dein Totem getroffen?"
Tom schüttelte verneinend den Kopf.
„Bist du sauer auf mich? Willst du nicht mit mir reden?"
„Gib mir etwas zu trinken!"

"Wortlos brachte sie ihm die Karaffe mit selbstgekeltertem Brandy, einem kräftigen Getränk aus Wurzeln und wilden Früchten. Tom nahm einen ausgiebigen Schluck, der ihm im Magen brannte.

Dieses Getränk wurde normalerweise mit Wasser oder Saft verdünnt und oft zu Feierlichkeiten serviert, die nicht selten, sondern zwei- bis dreimal die Woche stattfanden, manchmal auch über die Woche hindurch, wenn es um Hochzeit oder eine Trauerzeremonie ging.

Damit erlangte Tom seine Fassung wieder. Er wurde ruhiger, gab die Karaffe zurück und hielt mit der linken Hand die rechte Hand seiner Schwester. Weder die Mutter noch die anderen, die zu laut waren, bekamen etwas mit. Tom flüsterte mit seiner heiseren, monotonen Stimme:
„Nein, ich habe meinem Totem nicht begegnet."
„Nun sag's doch! Bist du sauer, weil ich dein Gewand nicht gewaschen habe?"
„Ach, Unsinn! Das kann ich selbst tun. Habe ich schon oft gemacht. Du musst doch auf das Baby…"
„Dann spanne mich doch nicht auf die Folter!"

Tom wusste nicht, wo er anfangen sollte. Er streckte seine Hand aus, um noch etwas zu trinken. Er war gesellig, doch nicht allzu beredsam. Bei seiner Schwester fand er jedoch immer die richtigen Worte und Sätze.

Die Hütte war trotz der schimmernden Öllampe dunkel, die Schatten der Kinder, die die Lampe umringten, wirkten gespenstisch. Er befand sich allmählich in einem tranceähnlichen Zustand, schaute seiner Schwester nicht direkt in die Augen, seine Blicke schweiften in Nirgendwo, in irgendeine Ferne. Er fing automatisch an zu erzählen:
„Heute, vor der Dämmerung, strahlte ein blasser Mond in der richtigen Größe, die drei Sterne, unsere Sterne, bildeten eine gerade Linie, die ich trotz der Helligkeit deutlich sehen konnte. Ein Zeichen von Glück."
„Du meinst Gürtelsterne. Wie heißen sie nochmal, Mintaka, und..." Sie gestikulierte und drehte die Augen hin und hier. „Die kann man vielleicht jetzt auch sehen. Der Mond scheint silbrig."
„Ja, Mintaka, Alnilam und Alnitak. Du kannst sie bestimmt nachher sehen. Jetzt höre zu!"
„Erzähl!", befahl sie.
„Ich habe mir große Hoffnung gemacht, dass das Totem kommt. Ich habe sehr lange darauf gewartet, und die Götter darum gebeten."

Er holte tief Luft und fuhr fort, immer noch die Hand seiner Schwester in seiner Hand haltend. Sie spürte seinen Puls und genoss die Übertragung der Wärme und Energie, die aus ihm ausströmte:
„Ich hatte mein Gewand nicht dabei."
„Stimmt, es ist immer noch nass."

„Doch trotz der Dichte des Dschungels, spürte ich keine Kälte. Ich setzte mich in die meditative Position, wie ich es immer tue, schloss die Augen und konzentrierte mich. Schon bald war ich in der Lage, jedes Rascheln der Blätter aller Baumarten wahrzunehmen und sie zu unterscheiden."
„Das kannst du, das weiß ich. Nicht jeder hat diese Gabe und Fähigkeit."
„Ja, das kann ich, vorausgesetzt, dass ich mich richtig konzentriere oder in eine geniale Meditation verfalle. In diesem Zustand kann ich mit geschlossenen Augen spüren, aus welcher Richtung der Wind bläst, oder wie nah mir ein Insekt ist, sogar wenn eine Schlange durch die Disteln kriecht."
„Ich weiß. Und was geschah heute?"

Tom, der nun das Bewusstsein wiedererlangt hatte, ließ die Hand seiner Schwester los, um gestikulierend erzählen zu können.
„Nimm meine Hand wieder!", befahl sie ihm wiederholt.

Er hielt sie wieder fest und fuhr fort:
„Ich atmete tief durch und betete zu den Göttern, dass er heute kommt. Nach langer Stille, vielleicht eine halbe Stunde oder so, nahmen meine Ohren ein ungewöhnliches Geräusch wahr."

Pior keuchte vor Aufregung, dennoch blieb sie stumm, um die Atmosphäre nicht zu stören. Tom erzählte weiter:
„Da war ein Geräusch, weder von den großen Tieren noch von kleinen noch von einem Jäger oder von den Geistern. Es kam zunächst aus der Ferne und klang, als ob jemand rannte, dann heranpirschte, sich umdrehte

usw. Ich hörte und spürte seinen Atemzug und dachte mir, er wäre es. Ich zitterte, betete, hoffte und wartete darauf. Ich hatte meine Lanze, den Bogen und die Pfeile in meiner Reichweite, um schnell zu reagieren im Fall, dass der Panther verrückt geworden wäre und mich angreifen wollte."

Nach den Bräuchen des Stammes durfte man keinen schwarzen Panther töten, der meist als Schamanenpanther galt. Wenn ein beliebiger Panther jemanden angriff, ihn tötete und fraß, dann befahlen die Priester und der Häuptling, anstelle dieses Panthers einen Schamanenpanther zu töten, der im Verdacht stand, von den bösen Geistern besessen zu sein und den anderen Panther zum Menschenfraß angeheuert zu haben Er wurde getötet und sein Haupt zur Abschreckung der bösen Geister im Dorf der Verstorbenen aufgehängt.

Wenn ein Jäger einen Schamanenpanther ohne zeremonielle Erlaubnis tötete, dann musste er sich langen Fragen und Antworten stellen, bis der Priester, der Häuptling, sogar die ganzen Dorfbewohner davon überzeugt waren, dass der Panther ihn angegriffen hatte.

„Ich blieb ganz still und regungslos", sagte Tom flüsternd.
„Hattest du keine Angst?"
„Selbstverständlich, aber ich ließ es mir nicht anmerken. Wenn man sich unruhig hin und her bewegt, wegrennt oder der Panther merkt, dass man Angst hat, dann greift er sofort an. So sagen zumindest die Jäger. Also, diese seltsamen Geräusche hörte ich direkt vor meinem Versteck. Ich wartete noch eine kurze Weile.

Als nichts geschah, öffnete ich mir die Augen und sah sie."
„Wen?"
„Warte doch! Ich sah zunächst zwei große schwarze Augen, die mich wie hypnotisiert anstarrten. Dann sah ich ihr langes schwarzes Haar. Sie gab keinen Laut von sich und ich auch nicht. Wir starrten uns stumm, ich weiß nicht wie lange, einfach so an. Ich wollte mich nicht bewegen, um das Spektakel nicht zu zerstören, sie bewegte sich auch nicht, wir schauten einander wie verzaubert an. Ich vergaß den Panther und meine Gebete, sie hatte mich einfach betört. In der Tat war ich geistig in einer anderen Welt. In dem Moment wusste ich nicht, ob es real war oder eine Illusion. Erst als sie sich bewegte und weglaufen wollte, weil sie irgendeinen Ruf gehört hatte, kam ich zu mir zurück und gab ihr mit der Hand ein Zeichen, stehen zu bleiben. Sie blieb nach meiner Forderung auch einfach stehen, ohne ein Wort zu sagen oder sich vor mir zu fürchten. Ich merkte, dass sie zitterte, jedoch sehr wahrscheinlich nicht vor Angst. Ich zitterte auch und schämte mich dafür. Dann kam mir die Idee, dass sie sich von ihrer Gruppe so weit entfernt hatte, dass sie sich verlaufen haben könnte."

Pior bemerkte, wie ihrem Bruder allmählich warm und heiß wurde, als würde er langsam Fieber bekommen. Tom wirkte abwesend, er rekonstruierte das Bildnis in seinem Kopf. Wie in Trance vertraute er seiner Schwester alles an:

„Ich stand langsam auf. Meine Augen waren die ganze Zeit auf ihre, und ihre auch auf meine. Ich konnte kein Wort sagen, so sehr ich es auch wollte, sie sagte auch nichts. Das brauchte sie auch nicht, ich verstand sie ohne Worte. Ich ging auf sie zu, dann an dem Busch vorbei, ohne mich ihr zu nähern, und sie folgte mir ebenfalls wortlos. In dem Moment war ich mir sicher, dass sie aus dem Dorf Nonkiti stammte."

„Nonkiti? Nonkiti von den Azteken? Sie sind doch die Feinde, der Zwist."
Ungestört von Piors Zwischenruf, fuhr er fort:
„Das weiß ich. Auf jeden Fall gingen wir eine Weile, sie näherte sich mir unbemerkt. Ich spürte es, ich spürte, dass sie mich immer noch von hinten beobachtete, sie schaute nicht auf den Pfad, deswegen stolperte sie manchmal. Ich fühlte ihre Wärme, ich hörte ihre hastigen Atemzüge, Ich roch ihren Duft, ihr Atem roch nach Kardamom. Ich spürte den Drang, ihre Hand zu halten."

„Oh, Bruderherz!" Seufzte Pior.
„Pior, so etwas habe ich noch nie erlebt, ich hatte eine gewisse Leere im Magen und konnte das wilde Klopfen meines Herzens hören. Obwohl sie mir hinterherlief, waren ihr hübsches Gesicht, ihre Augen, ihr schlanker Körper, ihre wundervolle Erscheinung den ganzen Weg lang vor meinen Augen. Ich sehe sie noch immer vor mir, sie hat mir imponiert."

„Wie alt konnte sie sein?" Erlaubte sich Pior zu fragen.
„Sie ist um die vierzehn, fünfzehn. Ich sehe immer noch ihre Blicke auf mich gerichtet, wie ein Rehkitz, das keine Angst hat, aber neugierig ist. Schwesterchen, wie soll ich es dir beschreiben? Ich fühle mich auf einmal erwachsen und gleichzeitig wie ein unschuldiges Kind, das sich nach irgendeinem Elternpaar sehnt, lautlos heult, und kann dafür keinen bestimmten Grund nennen."

Pior versuchte, ihre Enttäuschung zu verbergen und sagte seufzend:
„Ach Tom, das wirst du bald vergessen müssen."
„Das weiß ich nicht. Vielleicht, vielleicht auch nicht."
„Du kannst sie doch nicht haben."
„Ich habe auch nichts dergleichen gesagt."
„Du hast sie doch nicht berührt?", fragte sie beiläufig, obwohl nicht nötig war.

Toms Gesicht strahlte mit seinem leidenschaftlich charmanten Lächeln. Er gestand seiner Schwester ehrenvoll:
„Pior, - ehrlich gesagt, ich wollte sie berühren, konnte es aber nicht. Sie schien mir unantastbar zu sein, etwas Heiliges, wie ein Schamanenpanther, den du gerne jagen möchtest, aber du darfst es nicht. Habe noch nie so ein Wesen begegnet."

„Denke daran, dass du in einer anderen Stimmung warst. Wäre ich vor dir gewesen, hättest du mich auch so gesehen", sagte sie ironisch.
„Mag sein Pior, aber dieses Bild möchte ich nie löschen, weißt du? Ich erinnere mich an jede ihre Gesichtszüge, ihre Augen, ihre Wimpern, ihre breite Stirn, jede Haarsträhne und ihre Schnörkel, an ihre Lippen, die mir etwas sagen wollten, ihren Hals mit dem Halsband, ihre schäbige Robe, an ihre kleinen nackten Füße, alles, alles, alles. Ich bekomme sie einfach nicht aus meinem Kopf, aus meinem Herzen."

„Du bist ein Träumer, Brüderchen. Pass auf, dass Vater nicht davon Wind bekommt. Wie heißt sie?" Ohne eine Antwort abzuwarten, antwortete sie sich selbst: „Ach ja, du hast sie gar nicht angesprochen."

SELBSTMORATTENTÄTER

„Als wir etwas weitergingen, hörten wir das Rumoren anderer. Sie liefen, plauderten und riefen laut nach ihr. Sie riefen ihren Namen. Nirwana! Sie heißt Nirwana."
„Nirwana", wiederholte Pior. „Ein schöner Name."

„Ja, als sie die anderen hörte, beschleunigte sie auf einmal ihre Schritte, als käme sie aus einer Trance, und überholte mich, wobei sie ihren Kopf zu mir drehte und mich geheimnisvoll anblickte, so, als wollte sie mir mitteilen, dass die andern uns nicht zusammen sehen dürften."
Er schüttelte amüsant seinen Kopf und sagte lächelnd weiter:
„Das war aber zu spät. Die anderen kamen aus allen Himmelsrichtungen auf uns zu. Einige ältere Mädchen haben automatisch gefragt, wo sie so lange gewesen sei. Einige haben mich erkannt und riefen mit Verwunderung meinen Namen: Tom von Dajak.

„Woher kannten sie deinen Namen?"
„Woher soll ich das wissen? Ich habe mich dann unverzüglich umgedreht und bin davongegangen, ohne auf die Rufe zu reagieren. Ich glaube, dass sie auch etwas gesagt hat, ich habe es jedoch nicht verstanden."

Seit diesem Vorfall ging Tom nicht nur regelmäßig wie zuvor zu seinem Versteck, sondern so oft, wie er konnte, und nicht nur in der Hoffnung, seinem Totem zu begegnen, sondern auch, um Nirwana noch einmal zu treffen, mit ihr ein paar Worte zu wechseln, die er sorgfältig geübt hatte. Und seit diesem Vorfall wurde er noch ruhiger und nachdenklicher.

Trotz seines Katzenspürsinns wusste Tom jedoch nicht,

dass das Mädchen immer schon vor seinem Eintreffen an dem Ort war. Sie versteckte sich stumm auf einem dichten Baum und beobachtete ihn.

Tom Zumo wusste nicht, was die Liebe ist. Doch bei der Erinnerung an Nirwana bekam er meistens eine Leere im Herzen und ein Kribbeln im Bauch zu spüren. Er konnte dieses Phänomen nicht zuordnen und schämte sich fast dafür, dass in solchen rauschenden Momenten seine Körpertemperatur stieg und sich einiges in ihm veränderte.

Er wusste auch nicht, ob er überhaupt das Mädchen heiraten konnte oder durfte. Es gab langwierige Feindseligkeiten zwischen den beiden Dörfern. Sie gehörten zwei rivalisierenden Stämmen an. Es kam immer wieder zu blutige Auseinandersetzungen um das Jagdgebiet und andere Konfliktthemen. Es gab auch Entführungen und Enthauptungen.

Die Azteken waren religiös und sittenstreng, Kannibalen, welche Tom instinktiv und innerlich verabscheute. Dennoch war er nicht in der Lage, Nirwana gegen ein anderes Mädchen einzutauschen.

Nun waren ungefähr acht Monate vergangen, seit er Nirvana zum ersten Mal begegnet war, und er sollte Gulien, die Tochter des Priesters, heiraten. Vor einer vollendeten Tatsache gestellt, nahm er die Herausforderung an, ohne über die Konsequenzen nachzudenken. Er trat lässig vor, verneigte sich vor den Vätern, wie es die Tradition bestimmte, ging zu Gulien hinüber und tanzte eine Runde mit ihr. Alle machten mit.

Er versuchte zu lächeln und Freude zu zeigen, ihm war jedoch nicht danach zumute und er konnte seine Verlegenheit nicht verbergen.

Unmittelbar nach Abbruch des Tanzes und zur Bestürzung seiner Eltern und Gulien, ging er in den Dschungel, um allein zu sein. Die anderen, mit Ausnahme von Pior, nahmen es für selbstverständlich und für eine seiner eigenartigen Gewohnheiten.

Tom war mit seinen Träumen und Fantasien so beschäftigt, dass er seine sogenannte Verlobte missachtete. Er schenkte ihr keine Aufmerksamkeit, nicht aus böser Absicht, sondern es war ihm einfach fremd, und nun kam seine seelische Verfassung dazu.

An den Feierlichkeiten nahm er teil, musste er auch, doch vermied er jeden Körperkontakt, sogar den Blickkontakt, mit Gulien. Gulien wurde inzwischen bewusst, dass sie einen Fehler begangen hatte, ändern konnte sie es jedoch kaum.

Das erste verlobte Paar hatte Eile und heiratete einen Monat nach der Kundgebung. Der Priester und Oham entschieden, dass Gulien und Tom im Herbst nach Mais- und Gerstenernte heiraten sollen, dann wäre Tom noch siebzehn und Gulien fünfzehn Jahre alt.

Nach der Verlobungszeremonie wurde Tom immer trübseliger und absonderlicher. Abgesehen von der Begegnung mit Pior, lebte er in seiner eigenen isolierten Welt. Trotz der günstigen Sternenkonstellation und den Vorhersagen des

Dorfmagiers begegnete er weder seinem Totem noch Nirwana.

Dia anderen Anzeichen und Begleitumstände fielen in diesem Jahr deutlich schlechter aus. Zuerst kein Regen, dann Dauerregen und eine Überschwemmung, die die ohnehin magere Ernte vernichtete, die Tiere verscheuchte und die Wildfrüchte verfaulen ließ.

Einige Menschen und Tiere kamen bei den Überflutungen sogar ums Leben. Es drohten Hungersnot und Armut. Die Menschen waren besorgt und sagten einstimmig viele Feierlichkeiten ab. Zelebriert wurde nur noch das Notwendige und Religiöse.

Der Priester verkündete, dass die Götter, insbesondere der Gott Shiva, Gott der Zerstörung und Förderer neuen Lebens, zornig geworden waren.

Über Generationen hinweg herrscht bei vielen Indianerstämmen eine traditionelle religiöse Kultur vor. Einige Stämme glauben, dass der Sonnengott, der Quelle der Energie und des Lebens, in einem gewissen Zeitabstand stirbt. Ein neuer Gott wirft sich ins Feuer und tritt als neue Sonne auf. Er fordert Opfer, Menschenopfer, er benötigt das Menschenblut, um sich bewegen zu können. Die Stammesangehörigen opfern sich bereitwillig und hoffen auf ein neues, ewiges Leben in der Nähe des Gottes und einen Neuanfang für die Menschen auf die Erde.

Der Glaube einiger anderer Stämme, wie bei dem Dajak Borneos, spaltete sich jedoch von diesen

SELBSTMORATTENTÄTER

Glaubensrichtungen ab. Die Götter werden nämlich von Zeit zu Zeit aus unterschiedlichen Ursachen zornig, und um sie zu besänftigen, müssen sich einige Menschen freiwillig opfern. Das freiwillige Opfer hat selbstverständlich den Schutz des Gottes in einem ewigen Leben, und durch sein Blut und seinen Tod wird neues Leben auf die Erde berufen. So verloren jährlich hunderte von Menschen ihr Leben.

Manche Stämme, wie die Azteken, aßen einige Körperteile des Verstorbenen, sowie sein Herz, um sein ewiges Leben zu teilen. Inzwischen wurde diese Tradition nach vielen Auseinandersetzungen zwischen den Häuptlingen und Intellektuellen einerseits und den Priestern, Magiern und Wahrsagern andererseits bei den meisten Stämmen streng untersagt.

Der Dajak-Stamm musste dieses Jahr Menschenopfer bringen, um den Zorn der Götter zu besänftigen und den Menschen das Leben zu erleichtern. Wenn es keinen Freiwilligen gab, dann sollte der erste heiratsfällige Mann, am Tag nach seiner Hochzeit in einer großen Zeremonie nach einem besonderen Ritual gereinigt und enthauptet werden.

Es durfte keine Trauerzeremonie stattfinden, sondern die Menschen, besonders die Familie des Opfers, mussten den Opferungsprozess mit Freude, Feierlichkeit, Tanz, Musik und Gebet beiwohnen.

Trotz einiger Einwände genehmigte der Priester, dass Tom, mit dem nach seiner Ansicht irgendetwas nicht stimmte und der kein Interesse an seiner Tochter zeigte, in der vorgesehenen Nacht, nach dem Mond und Tierkreiszeichen seiner Tochter heiraten und am nächsten Tag geopfert werden sollte.

Sitten und Bräuche schrieben auch vor, dass der Bräutigam in seiner Hochzeitsnacht den Angehörigen eines feindlichen Dorfes oder Stammes enthaupten oder entführen und dessen Kopf oder ihn selbst in der feierlichen Zeremonie den versammelten Menschen präsentieren konnte.

Das Haupt des Fremden wurde dann zur Zufriedenstellung der Götter für mehrere Tage auf dem Meydan des Dorfes gehängt. Das Opfer durfte ein junger Mann, ein Greis, eine Frau oder ein Kind sein, hauptsächlich eine Person aus feindlicher Lage.

Dank Toms besonderen Fähigkeiten waren alle ziemlich sicher und hofften, dass er jemand anderen aus dem feindlichen Stamm jagen, sein Leben retten und alle zufriedenstellen machen würde. Er selbst hasste es, unschuldige und ahnungslose Menschen Schaden zuzufügen, aber er konnte und wollte nicht gegen den Willen der Götter vorgehen.

Er wollte auch unbedingt am Leben bleiben, um sein eigenes Ziel zu erreichen und seine Familie zu unterstützen. Er schmiedete Pläne, jemanden aus dem Feinden ausfindig zu machen und zu erledigen. Gleichzeitig hoffte er darauf, seinem Totem oder Nirwana zu begegnen.

Ungeachtet der Feierlichkeiten und ohne Rücksicht auf Essen, Trinken, Tanz, Musik und seine weitere zeremonielle Anwesenheit brach Tom am Tag seiner Hochzeit vor dem Sonnenuntergang auf, ohne seine

Braut angetastet und berührt zu haben. Er lehnte auch jede Begleitung entschieden und strikt ab, weil er etwas anderes vorhatte und er niemandem seine Geheimnisse anvertrauen wollte.

Sodann ging er direkt zu seinem geheimen Ort und wollte, bevor er jemanden tötete, sich selbst auf seine eigene Art zu reinigen. Er war sehr entschlossen und alle seine Gedanken kreisten darum, wie er sein Vorhaben so schmerzlos wie möglich umsetzen könnte.

Er war noch nicht an seinem Ort angekommen, als seine wachsamen Ohren leise menschliche Schritte wahrnahmen: „Was für ein Glück!", dachte er bei sich. Er pirschte sich heran, dann sah er eine Frau, ein Mädchen.

Er konnte seinen Augen nicht glauben. Intuitiv verzichtete er auf ein Versteckspiel:
„Was machst du denn hier? Hast du dich schon wieder verlaufen?", sagte er mit einer lauten, sehr zornigen Stimme, die ihm selbst fremd war.

Nirwana drehte sich erschrocken um:
„Bist du schon da?", sagte sie mit zitternder Stimme, anstatt zu antworten.

„Was suchst du verdammt noch mal?" Toms Welt war zusammengebrochen. Er war auf alles vorbereitet, aber nicht darauf. Gedanken verloren, hatte er sein Totem und Nirwana völlig vergessen.

„Ich komme jeden Tag zu derselben Zeit, um dich zu beobachten", antwortete sie schüchtern.

Eine Stimme, die Toms Herz zum Schmelzen brachte. Er begann zu zittern, wusste nicht, ob er lachen oder weinen sollte, wusste jedoch, dass er von der Natur aus, kein böser Mensch war. Er versuchte seinen Zorn zu verbergen. Seinen Zorn gegen sich selbst, gegen sein Schicksal, gegen die Götter und gegen Nirwana.
„Mich zu beobachten?"
„Ja, das tue ich immer wieder."
„Wie denn?"
„Ich komme hierher, etwas eher als du. Ich weiß inzwischen, wann du kommst, verstecke mich dort oben und schaue zu, was du machst."
„Warum hast du dich denn jetzt nicht versteckt?"
„Du bist heute zu früh gekommen", sagte sie zögernd und kichernd.

Tom war außer sich. In diesem Moment wollte er alles zerstören, er wünschte, er wäre ein Dämon, ein böser Geist, ein zorniger Gott. Er wollte den Dschungel verbrennen. Er wollte laut schreien, heulen. Seine Augen brannten.

Es wurde ihm bewusst, dass er nie geweint hatte. Jetzt liefen ein paar Tränentropfen von seinen Augen über die Wangen zu seinem Mundwinkel. Wie sehr und wie oft wünschte er sich, Nirwana zu begegnen, wie oft hatte er die Götter darum gebeten, nur heute nicht.

Nirwanas sanfte Stimme brachte ihn auf den Boden der Realität:
„War das falsch, was ich gemacht habe?"
„Nein, nein! Es geht um etwas anderes. Ich war heute gar nicht in der Stimmung, dich zu treffen."
„Ach, ich weiß warum. Du musst jemanden töten, um dein Leben zu verschonen."

„Woher weißt du das?"
„Das weiß jeder. Deswegen kommt heute keiner allein in dem Dschungel."
„Wenn ich das nur wüsste." Sagte Tom verzweifelt.
„Möchtest du mich jetzt töten?" Fragte Nirwana kindisch.
„Schweige!", befahl er.
„Ich bin der erste, der dir begegnet ist."
„Ich habe gesagt, Ruhe! Sei still!"

„Weißt du, Tom, mir macht es nichts. Ich wollte heute gar nicht kommen. Die Götter haben mich bestimmt zu dir geschickt", sagte sie, ohne sich von Toms Aufregung beeindrucken zu lassen.
„Woher weißt du von so was?"

„Seit die Leute dich mit mir gesehen haben, sind alle komisch zu mir. Sie machen sich lustig über mich, sie verspotten mich, sie mobben mich, sie reden hinter meinem Rücken. Sie behaupten, dass ich unrein geworden bin, die Mädchen wollen mit mir nichts zu tun haben." Sie redete so, als hätte sie es seit Tagen eingeübt.
„Die Jungs, die einst meine Bewunderer waren, wollen nichts von mir wissen. Jeder verbindet mich mit dir, du bist eine Berühmtheit in unserem Dorf und hast auch viele Feinde. Viele Leute wollen dich heute tot sehen."
„Echt?"
„Ja." Sie atmet tief durch, dreht die Augen und führt gestikulierend fort: „Trotz der Drohungen meiner Eltern habe ich an der Verlobungszeremonie gar nicht teilgenommen. Das wollte ich nicht. Ich will nichts von diesen Leuten."
„Warum nicht?"
„Du fragst, warum?"

„Ja, warum?"
„Seitdem ich dich gesehen habe, denke ich nur an dich. Du kommst nachts immer in meine Träume, immer in der gleichen Gestalt."

Während sie redete, schämte sich Tom für sein Benehmen, sein Verhalten. Auch er hätte, genauso wie sie, unter einem Vorwand auf die Teilnahme an der Verlobungszeremonie verzichten können, dann wäre alles anders gelaufen. Doch beruhigte er sich, weil es ihm genauso ging, wie ihr, mit einer Ausnahme, dass sie ihn beobachten könnte und er diese Gelegenheit verpasst hatte.

Sie plauderte weiter:
„Deswegen kümmerte es niemand, wenn ich hierherkomme. Niemand fragt mich etwas, und niemand möchte wissen, wie es mir geht. Ich kann im Dschungel übernachten, niemand merkt das."

Sie bekam einen Kloß im Hals, ihre Augen wurden feucht, ihre Stimme vibrierte.
„Wenn du mich tötest, wird niemand um mich trauern, da bin ich mir ganz sicher. Ich bin froh, von deinen Händen als Opfer für die Götter getötet zu werden. So bekomme ich ein ewiges Leben und werde auf dich warten. Ich wollte mich dir heute sowieso offenbaren, um dir alles mitzuteilen. Ich habe mich extra gereinigt und im Bach gründlich gewaschen."

Sie holte kurz Luft und redete weiter.
„Das kommt dir seltsam vor, aber ich kann und möchte nicht ohne dich leben. Ich kenne dich inzwischen besser, als ich meinem Vater kenne, und möchte lebendig oder tot nur bei dir sein. Es wird keinen

anderen Mann in meinem Leben geben. Das weiß ich gewiss. Du hast mir bei unserer ersten Begegnung gefallen und gefällst mir immer noch, und du würdest in Zukunft auch der einzige für mich sein."

Nun kämpfte Tom gegen sich selbst, in einem bitteren innerlichen Kampf. Wenn er sie tötete, würde er sich selbst töten und seine Träume sowie seine Welt vernichten. Wenn nicht und herauskäme, dass er ihr begegnet und sie nicht getötet hat, wäre es eine Schande für ihn und seine Familie. Er würde dann als unehrenhaft, als unrein geopfert, seine Seele wanderte ganz bestimmt nicht zu den Göttern, und auf ihn wartete kein ewiges Leben.

Die Zeit reichte auch nicht aus, um nach einem anderen Opfer zu suchen, da er sich so lange aufgehalten hatte, und bestimmt gab es in der gesamten Umgebung keinen Menschen mehr, da alle von seinem Vorhaben wussten.

Außerdem würde es noch schändlicher, wenn es herauskäme, dass er zunächst Nirwana begegnet war, und wie könnte er selbst Nirwana in die Augen schauen, da sie auch über die Sitten und Gebräuche Bescheid wusste und wusste, dass sie die erste war, welcher Tom begegnete. Er war auch zu stolz, Nirwana um Stillschweigen zu bitten.

Nach einem etwa einstündigen inneren Kampf entschied Tom, sich gegen den Moralkodex seiner Gesellschaft zu stellen.

Er schritt langsam zu ihr. Er wusste, was er zu tun hatte. Nirwanas Herz begann wild zu klopfen. Sie begann in aller Stille zu weinen. Sie sah, dass ihr Tod sich näherte.

Als er sah, wie Nirvana zitterte, versuchte er, sich so elegant wie möglich zu benehmen. Er wischte ihre Augen, die jetzt voller Tränen waren, mit seiner rauen Hand, berührte ihre Wangen, ihre Lippen, streichelte ihr Haar, nahm ihre weichen Hände, massierte sanft ihre Oberarme, Schultern, ihren Nacken, dann nahm er sie in seinen Arm und drückte sie so fest an sich, wie er konnte.

Er verspürte etwas Unbeschreibliches, er verspürte, dass Nirwana vollkommen in ihm aufging. Er schwebte bereits jetzt im Himmel, zwischen den Göttern, und war selbst ein Gott. Er wusste nichts von der Liebe, empfing jedoch etwas Spürbares in sich, er war glücklich. Wenn er sterben sollte, würde er glücklich sterben. Er hatte sein Ziel erreicht, er hatte ein Mädchen, das er haben wollte, welches ihn auch haben wollte. Er befand sich in seinem Traum, er hatte seine Nirwana gefunden, er war mit ihr verschmolzen.

Nirwana wehrte sich nicht, sie ließ es geschehen. Das war etwas, worauf sie seit langem sehnsüchtig gewartet hatte. Sie teilte in Vollkommenheit die Gefühle mit Tom, verstand ohne Worte, was als Nächstes geschehen würde, und fragte nicht danach.

Nach einer langen Weile führte er sie, an sich gedrückt, zu einem alten Baumstamm. Beide setzten und lehnten wie ein Körper und eine Seele am Baum. Nirwana flüsterte ihm zu und zeigte auf einen Ast:
„Da. Ich habe dich immer von dort aus beobachtet."
„Hattest du keine Angst vor wilden Tieren, Schlangen oder Wildkatzen?"

SELBSTMORATTENTÄTER

„Einmal bin ich einem schwarzen Panther begegnet. Genau hier, wo wir sitzen."
„Der Schamanenpanther, mein Totem."
„Ja, das weiß ich."
„Hat er dich nicht angegriffen?"
„Ich hatte keine Angst vor ihm. Als ich ihn sah, ging ich nicht zu dem Baum, ich hatte keine Gelegenheit dazu, dann setzte ich mich einfach stumm hin. Er kam etwa zehn Schritte auf mich zu, drehte seinen Kopf wild hin und her, schnüffelte überall, urinierte und drehte eine Runde um mich herum, ging wieder auf diese Distanz, schaute mich verärgert mit seinen gelbgrünen Argusaugen an. Nach einer Weile, ich weiß nicht wie lange, fauchte er mich an und ging langsam fort."

„Du bist wirklich ein braves Mädchen."
„Trotz der Kälte war ich vom Schweiß klatschnass. Ich hatte keinen Mut mehr, mich von der Stelle zu rühren, und ich weiß nicht, wie lange ich noch dasaß. Dann bekam ich Angst vor Gespenstern und bösen Geistern und rannte so schnell ich konnte nach Hause."
„Wo war ich denn?"
„Ich glaube, du bist einfach nicht gekommen oder zu spät gekommen, keine Ahnung."
„Was hat deine Familie dann gesagt?"
„Ich habe bis jetzt keinem davon erzählt."

Sie drückte sich immer fester auf Toms linke Seite, hielt seine Taille mit ihrer kleinen Hand fest, so als sie wollte durch seine Rippen in seinen Körper eindringen. So saßen sie stundenlang bewegungslos und stumm da. Jeder wanderte in seiner Fantasiewelt umher, die sicher für den andren genug Platz bot.

Ab und zu flüsterte sie ein paar bedeutungslose Worte und er küsste ihr das Haar und presste sine Wangen an ihre. Plötzlich drehte sie sich um, saß genau gegenüber von Tom, nahm seine Hände in ihre und verpflichtete sich:
„Weißt du, ich werde für immer auf dich warten, hierherkommen und mit dir reden, mit deiner Seele, deinem Geist. Ich werde dich in mein Gedächtnis einprägen, in mein Herz einbetonieren."
„Auf mich warten? Das brauchst du nicht."
„Ich möchte zusammen mit dir in der Ewigkeit leben."

Als es spät und dunkel wurde, standen sie widerwillig auf. Tom begleitete sie bis zum Eingang ihres Dorfes. Sie wollte sich gar nicht von ihm trennen. Was sie von ihm wollte, konnte sie nicht ausdrücken, schämte sich davor. Tom spürte es, er hatte das gleiche Verlangen und die gleichen Gefühle.

Dennoch trennte er sich mit großer Mühe von ihr, gab ihr einen kleinen Schubs, um nach Hause zu gehen. Sie ging langsam seitwärts, die Augen auf Tom gerichtet. Nach etwa zwanzig, dreißig Schritten kam sie zurückgerannt wie eine Wahnsinnige und umfasste mit beiden Armen seinen Hals, küsste seine Lippen und schmiegte sich wie eine Katze an ihn.

Tom reagierte automatisch, drückte sie fest, küsste sie leidenschaftlich, zärtlich und gleichzeitig wild und hart, dass es ihr wehtat. Es war der erste Kuss für beide und vielleicht der letzte.

Sie zog gewaltsam eine Haarsträhne aus ihrem Haar und band sie an Toms linkes Handgelenk.

Allmählich löste sie sich von ihm ab, ging wieder rückwärts und seitwärts, die Augen voller Tränen, mit bittersüßem Schmerz im Herzen und schwachen Beinen, bis sie hinter den Bäumen in der Dunkelheit verschwand. Tom blieb breitschulterig mit nacktem Oberkörper für eine Weile stehen, dann kehrte er erleichtert und auch vergrämt zurück.

Es war spät am Abend, als er im Dorf eintraf. Viele hatten erwartungsvoll auf ihn gewartet. Sie sahen jedoch bestürzt seinen gesenkten Kopf, die leeren Hände, die nur die Lanze und den Bogen festhielten. Er sagte kein Wort, wollte nicht lügen und auch keinem die Wahrheit erzählen. Gulien, die auch auf dem Meydan auf ihn wartete, wandte ihr Gesicht ab und eilte zur Hütte ihrer Eltern.

Toms Vater, Oham brabbelte und warf seinem Sohn einen abscheulichen Blick zu. Er wollte weder glauben noch verstehen, dass Tom verfehlen konnte. Er erahnte, dass Tom absichtlich sein Opfer nicht getötet hatte. Er löste sich aus dem Kreis der Männer ab und war mit dem Gedanken beschäftigt, wie er mit dieser unglücklichen Situation, mit dieser Schande fertig werden könnte.

Manche schüttelten verständnislos den Kopf, manche hatten nur ein bitteres Lächeln, manche flüsterten fassungslos, dennoch wagte es niemand, sich Tom zu nähern oder ihm Fragen zu stellen.

Nur Pior konnte ahnen, was geschehen war, denn sie konnte es an der Erleichterung und auch an der Bitterkeit in der Körpersprache und dem Gang ihres

Bruders ablesen, und ihre wachsamen Augen hatten die Haarsträhne auf seinem linken Handgelenk nicht übersahen.

Ohams Vermutung hat sich bestätigt. Die Begegnung von Tom mit jemandem im Dschungel wurde aufgedeckt. Einige Jäger, die unbemerkt auf Anweisung des Priesters Tom beschatteten, haben die Szene vage gesehen. Sie konnten jedoch nicht feststellen, wem Tom begegnet war und was genau geschah. Anschließend haben sie dem Priester davon berichtet.

Nichtsdestotrotz fand die Zeremonie feierlich statt, als der Tag friedlich den Schleier der Nacht lichtete. Letztendlich musste der Zorn der Götter besänftigt werden, und da war auch der Ehemann der Tochter vom Priester im Spiel.

Während der gesamten Reinigungszeremonie und Feierlichkeit gab Tom keinen Laut von sich, Pior auch nicht. Gulien, die sich in Feierlaune zeigte, hatte auch nichts für Tom übrig.

Tom wurde mit Rauschmittel und Opium berauscht, dann traten wie üblich der Häuptling und der Priester zum Altar. Der Häuptling hielt eine kurze Rede und der Priester sang religiöse Lieder, die alle auf dem Meydan versammelten Frauen und Männer mitsangen. Die Teilnahme der Kinder unter sieben Jahren war untersagt.

Der Häuptling und der Priester sahen erstaunt vom Altar aus zu, dass der Priester und der älteste Sohn des Häuptlings des befeindeten Dorfes Nonkiti, als Stellvertreter seines Vaters in den ersten Reihen der

Versammlung standen, mitsangen und mittanzten. Ein durchschaubares Zeichen von Konzilianz, Freundschaft und Frieden.

Laut der Sitte des Stammes musste der Priester selbst das Opfer enthaupten. In diesem Fall war er verpflichtet, es mit seinem eigenen Schwiegersohn zu tun.

Während wechselhaft mal die Sonne spärlich erschien, mal der Nieselregen prasselte, überstanden alle Teilnehmer den Schreckmoment in Feierlaune, im Rausch von Alkohol und Drogen. Es sah so aus, als ob die Sonne das Szenario nicht verpassen wollte, als ob der Himmel inbrünstig weinte, und die Wahnsinnigen in einer Agonie tanzten.

Nur Pior stand vergrämt und stumm in einer Ecke, abseits von den anderen, eine Hand quer unter dem Ellbogen, und mit der anderen kratze sie ihre Lippen blutig. Sie hatte keine Gewalt über ihre Tränen.

****

SELBSTMORATTENTÄTER

SELBSTERKENNTNIS

„Wie war ich, Liebling?"
„Wunderbar. Und du, wie fühlst du dich?"

Sebastian starrt an die frisch renovierte Decke, als suche er einen bestimmten Stern im sternengezierten Himmel. Ohne sich umzudrehen, antwortet er, während Sabine seine Gesichtszüge mustert. Sie scheint auf der Suche nach etwas Geheimnisvollem zu sein, das ihr mehr verraten könnte, als seine Zunge preisgibt:

„Ich bin einmal in den siebten Himmel emporgestiegen, habe dort viele Mysterien entdeckt und bin dann wieder auf dem Boden gelandet. Ich finde es …, weißt du, ich finde es am Tag besser als in der Nacht. Lass es uns immer mal wieder es probieren."

Sabine Hackert ist zwanzig, zwei Jahre jünger als Sebastian Braun und seit eineinhalb Jahren mit ihm verheiratet. Sie kennt ihn jedoch seit einer Ewigkeit, seit sie in der vierten und er in der sechsten Klasse ihrer gemeinsamen Schule war. Mit einer Größe von eins siebzig ist sie inzwischen intelligent und im wahrsten Sinne des Wortes bildhübsch. Sie hat bezeugend gepflegte blonde Haare, die so lang sind, dass sie ihr bis zur Taille reichen, und große blaue Augen, die hypnotisieren können.

Sie ist etwas korpulent, jedoch auch sportlich. Sie steht

bewusst zu ihrem Körper und zu jeder einzelnen Kurve. Mit der marmorglatten Haut, dem geraden Nacken und ihren schmalen, doch festen Brüsten erinnert sie an die adeligen Frauen aus den Malereien des Peter Paul Rubens im 16. Jahrhundert. Auf Make-up und teuren Schmuck ist sie nicht aus. Sie ist einfach schön, ohne sich viel Mühe geben zu müssen.

In Bezug auf Weiblichkeit pflegt sie eine etwas orthodoxe Meinung. Sie ist überzeugt davon, dass eine Frau überwiegend alles werden, alles unternehmen kann. Sie kann Wissenschaftlerin, Künstlerin, Politikerin, Sportlerin sein und jeglichen Beruf ausüben, jedoch immer im Rahmen der Weiblichkeit.

Weiblichkeit bedeutet für sie die Ausprägung fraulicher Stärke, wie die Natur es zugeteilt hat. Den natürlichen Unterschied zwischen Frau und Mann will sie dabei unversehrt wissen. Denn Emanzipation einer Frau vom Mann heißt für sie nicht, dass die Frau männlich oder der Mann weiblich wird, sondern das bedeutet für sie eine Gleichheit in Rechten und Pflichten. Eine Frau ist in ihren Augen schön, wenn sie authentisch weiblich ist.

Für sie bezieht sich Schönheit nicht nur auf Äußerlichkeiten, sondern auf die Gesamtheit ihrer Qualitäten. Sie ist sich bewusst, dass Schönheit relativ ist und es keinen universellen Maßstab dafür gibt.

In dieser Hinsicht stimmt Sebastian mit ihr überein. Tatsächlich teilen sie viele Ansichten, sei es in weltanschaulichen Betrachtungen oder in Bezug auf politische und soziale Themen.

SELBSTMORDATTENTÄTER

Sabine kleidet sich elegant, konventionell und stets weiblich. Seit ihrem Schulabschluss trägt sie bewusst keine zerrissenen Jeans mehr. Die schönen, langen Beine unter dem Minirock oder dem Kleid ziehen dabei alle Blicke auf sich. Dies hat dazu geführt, dass sie von manchen Männern – sei es bei der Arbeit oder auf der Straße – angesprochen wurde, was sie als ein Kompliment ansieht.

Auf dem Doppelbett hat sie sich nach links zu Sebastian gedreht, den Kopf stützt sie mit der linken Hand. So hört sie seinem Bericht vom siebten Himmel aufmerksam zu, obwohl sein Gesichtsausdruck ihr intuitiv etwas anderes verrät. Sie öffnet den Mund, um ihre bizarren Gedanken loszuwerden und etwas Bissiges zu sagen. Doch kurzfristig beißt sie sich auf die Lippen und schweigt.

„Wolltest du mir etwas sagen, Liebste?", fragt Sebastian beiläufig, geistesabwesend.

„Was? Na ja, nein ... nichts Wichtiges."

„Ach komm, sag doch, was dir auf dem Herzen liegt."

Sie zögert kurz, denkt: „Woran dachte er eben? Warum musste er lügen?" Doch sagt dann:
„Wie wäre es, wenn wir heute Abend in ein Restaurant oder in irgendein Lokal gehen? Was meinst du?"

„Das wäre toll. Lass uns gemütlich etwas essen, ein bisschen tanzen, uns einfach amüsieren. Morgen haben wir ja sowieso frei."

„Na, dann los!" Sie würde ihn gerne auf die Wange

küssen, entscheidet sich aber stattdessen dafür, leise aus dem Bett zu schlüpfen.

Bis die Nacht ihren dunklen Schleier verbreiten wird, bleiben ihnen noch drei bis vier Stunden Zeit.

Sie geht unter die Dusche, kämmt und trocknet das Haar sorgfältig, dreht Locken ein, bemalt die Lippen leicht bräunlich, parfümiert sich und zieht ihr bestes Kleid an. Es hat kleine Glassternchen in Form eines Drachens auf der linken Seite. Dazu wählt sie einen passenden transparenten Schal. Sie weiß, es ist das Lieblingskleid von Sebastian. Dann betritt sie die geräumige Küche, nippt am Orangensaft und schaut in eine Werbebroschüre, während sie auf Sebastian wartet.

Sebastian erscheint, nachdem er einige Telefonate erledigt hat, in einem schwarzen Anzug, weißem Hemd und einer roten Fliege, einem Geschenk von Sabine. Sein sportlicher Körper, die schulterlangen Haare und das wohlgeformte männliche Gesicht sehen in dem Anzug perfekt aus. Er kommt sich vor wie ein wahrer Edelmann. Das ist ihm in der Tat auch recht, denn er ist achtsam und anständig, allerdings auch etwas arrogant, wie Sabine oft bemerkt.

Im Augenblick schaut sie ihm liebevoll zu, während er etwas unpassend und künstlich geziert fragt:
„Na, wie sehe ich aus?" Und ohne auf Sabines Antwort zu warten oder sie anzublicken, zeigt er sich vollkommen theatralisch fasziniert:
„Wow, wie siehst du denn aus! Bezaubernd! Wow!"

Überschattet von der Vorgeschichte, dem Gehabe und der theatralischen Haltung ist Sabine auf einmal in

unerklärlicher Weise urplötzlich umgestimmt. Dieses überleitende psychische Signal der Unsicherheit taucht unbewusst und kam merkbar in ihr auf und es beeinflusst doch sogleich ihre Reaktion:
„Wie soll ich denn aussehen? Wie immer."

„Deine Locken, ich liebe sie." Sebastian ignoriert die veränderte Tonlage von Sabine.

Sie mustert ihn misstrauisch. Er aber macht weiter:
„Wie du in diesem Kleid aussiehst ... ich liebe dich. Ich liebe dich. Du wirst heute Abend bestimmt alle Blicke auf dich ziehen."

Sie bleibt stumm und denkt:
„Was bedeutet diese Wortspielerei nur? Was hat er denn heute? Er hat etwas anderes im Kopf und spielt einfach mit der Liebe. Er verkauft die Liebe mit Worten."

Jetzt erst blickt er liebevoll und verzaubert zu ihr hin:
„Du siehst majestätisch aus, Sabine. Du ziehst mich immer wieder an, so wie du bist, wie du aussiehst. Ich liebe dich mehr als gestern und das ist bestimmt weniger, als ich es gewiss noch morgen tun werde."

Tatsächlich geht Sebastian nie und nimmer spärlich mit dem Lob für Sabine um. Er liebt sie und er meint ernst, was er sagt, auch wenn er noch nicht reif genug ist, um die Stimmungsschwankungen einer Frau zu erkennen. Vor dieser Beziehung hatte er bislang keine Erfahrung mit Frauen. Darum ist er nicht fähig, den richtigen Zeitpunkt zu wählen, der seine Gefühle auszudrücken vermag. Unbewusst übertreibt er stets auch mit

Komplimenten.

Weil er auf das Gemüt seines Gegenübers nicht achtet, wenn er etwas äußert, bleibt er, ungeachtet jeder Reaktion, immer dabei und steigert seine Schmeicheleien sogar immer noch weiter. Das kommt bei Sabine nicht gut an. Sie nimmt es und ihn nicht ernst und denkt ihrerseits, selbst auch nicht ernst genommen worden zu sein.

Sebastian hatte einst von seinem Vater im Hinblick auf Frauen zu hören bekommen, die Frau besäße die Eigenschaft einer wildgewordenen Katze. Würde man sie zur falschen Zeit streicheln, distanziere sie sich mehr, doch als wenn man sich von ihr abwendet, denn dann käme sie einem hinterher. Ein Mann dagegen besäße den Charakter eines Hundes, sei zunächst wild, unberechenbar, aufbrausend, danach würde er zahm und treu werden, aber auch eifersüchtig. Sebastian jedoch fand solch eine Einstellung absurd und altmodisch und versuchte, sie in seinem Alltag nicht einzubringen. Ob so etwas ihm gelingt, weiß er nicht.

Sabine ist keine wilde Frau, doch trägt sie bestimmt ein paar solcher artgleichen Eigenschaften in sich. Sie bemüht sich zu lächeln, sagt jedoch kein Wort. Sie schaut schweigend weiter zu, dabei wirbeln, trotz des Versuchs, sich treiben zu lassen, störrische Gedanken in ihrem Kopf: „Wem ähnle ich denn heute? Was will Sebastian durch solche belästigenden Komplimente verbergen? Was will er damit erreichen? Das ist doch nicht echt, was er da sagt."

Sebastian ist gut drauf. Er spürt zwar etwas Unheimliches in ihr, nichtsdestotrotz lässt er sich die

SELBSTMORDATTENTÄTER

Laune nicht verderben:
„Woran denkst du, Schatz?" Er nähert sich ihr von hinten und massiert ihr leicht die Schulten, fragt dabei in einem Ton, gemischt aus Ernsthaftigkeit und Humor: „Ist etwas passiert oder hast du Angst, dass ich dich beim Tanzen belästige und dir zu nah komme?"

Jetzt hat sie genug:
„Was soll das denn bedeuten? Was soll ich mit so einer verdammten Frage? Mach dich fertig, dass wir losfahren können."

Ganz bewusst gibt Sebastian nach:
„Ok, ok, ist schon gut. Ich hole das Auto aus der Garage. Und du komm bitte runter." Auf der Treppe fühlt er sich dann doch etwas unwohl.

Ist das Gehirn mit einem Wirrwarr von Gedanken besudelt, kann man weder vernünftig noch logisch denken, obwohl man es sich wünscht. So hat es eben den Moment gegeben, wo Sabine Sebastian wirklich loshaben wollte. Doch statt froh zu sein, dass er sie für kurz allein lässt, denkt sie etwas Paradox: „Er hat doch bemerkt, wie es mir ging. Aber anstatt sich um mich zu kümmern, geht er einfach weg, so was Arrogantes …"

Sebastian fährt das Auto aus der Garage, wartet einen Moment, dann ruft er etwas verzweifelt von unten herauf. Sie hört es schon, ignoriert es jedoch. Minuten später kommt er wieder nach oben und erklärt: „Sabine, ich bin jetzt soweit. Du wolltest doch runterkommen."
Doch bleibt er mitten in seinem Satz stecken. Ist schockiert, bleibt stehen. Er sieht vor sich eine ganz andere Frau, distanziert, designiert, eine völlig

niedergeschlagene Sabine. Er kennt sie doch seit Jahren und liebt sie abgöttisch. Seit sie zusammenleben, kann er ab und zu etwas anderes an ihr entdecken, doch dieser Zustand ist für ihn etwas Neues, den er zuvor noch nicht erlebt hatte. „Warum tut sie das? Sie hat doch nicht ihre Tage. Hat sie mich etwa satt? Was habe ich denn falsch gemacht? Warum kann sie nicht Klartext reden?" Allerlei solche Fragen schießen ihm blitzartig durch den Kopf und lösen nach und nach auch in ihm eine miese Verfassung aus. Sabines Stimmung hat ihn infiziert. Doch er wagt wieder einen Vorstoß: „Kann ich bitte fragen, ob es dir gut geht?"

„Keine Ahnung ..."

„Was heißt, keine Ahnung?"

„Eben keine Ahnung."

„Was ist schlimm daran, wenn ich frage, wie es dir geht?"

Sie antwortet mit ungewöhnlich langen Silben:
„Mir geht es gut, Sebastian. Was zum Henker kümmert dich das? Lass uns gehen, damit du dich amüsieren kannst."

„Wie bitte? Was soll das jetzt wieder? Du wolltest doch ausgehen. Ich habe zugestimmt und nun veranstaltest du hier solch eine Szene."

„Ich mache eine Szene? Du bist wohl nicht ganz bei dir. Du veranstaltest hier ein Theater."

„Nein, Moment mal, was für ein Theater, Sabine? Du

bringst die Vorschläge, du sagst, wir machen das, wir unternehmen dies und das und ich, der Dumme, mache alles nur mit. Und jetzt? Vorwürfe? Da versteht man die Welt nicht mehr."

„Lass mich in Ruhe, Sebastian, was willst du? Weshalb laberst du mich voll? Ich habe keinen Bock auf einen Streit. Kapiert?"

„Nö, eh, wovon redest du überhaupt?" Sebastian ist zwar temperamentvoll und gefühlsgesteuert, doch Sabine gegenüber benimmt er sich zurückhaltend, anständig und zärtlich. Er versucht, seine Emotionen unter Kontrolle zu bringen. Sagt humorvoll:
„Komm Fräulein, du wirst schon einen Grund haben, sauer auf mich zu sein. Schlage mich, gibst mir, ein paar kräftige Watschen, dann sind wir quitt und alles wird gut. Der Wut muss raus. Na, los, komm, ich werde mich nicht wehren."

„Mach dich nicht lächerlich, Sebastian! Und mach dich über mich nicht auch noch lustig. Ich bin nicht dein verdammtes Fräulein."

„Meine Güte, hast du eine miese Laune. Gab es irgendeinen Anruf?" Das war auf ihre Mutter gemünzt. Sebastian und seine Schwiegermutter können sich schwer vertragen.

„Halt deinen Schnabel. Du Mistkerl, halt einfach den Mund." Sie hat jetzt einen verächtlichen, herablassenden Ton.

Das ist zu viel für Sebastian. Viel zu viel. Und kommt unerwartet. Er verliert die Kontrolle und wird laut:

„Was soll das denn heißen, verdammt nochmal? Du schlägst vor, dass wir ausgehen sollen, darauf bereite ich mich vor, und dann so was. Ich bin doch nicht dein Spielzeug. Was glaubst du, wer du bist. Du …"

„Miststück", fällt sie ihm ins Wort, „das wolltest du doch sagen!"

„Verdammt, verflucht, die Frau ist vom Teufel besessen. Willst du jetzt ausgehen oder nicht?"

Sabine wägt ab: „Wenn ich unter solchen Umständen mitgehe, werde ich alles vermasseln. Der Streit geht in der Öffentlichkeit bestimmt weiter." Sie will eine weitere Eskalation vermeiden, antwortet monoton: „Ich will nicht."

„Eben wolltest du doch ausgehen und jetzt? Willst du nicht mehr. Ich bin fassungslos."

„Ja, ich wollte. Jetzt will ich nicht mehr. Willst du mich etwa dazu zwingen?"

Vor Sebastians Augen wird es neblig, er sieht alles vage und betrübt. Wegen seiner eigenen Verstörtheit und der mangelnden Frauenkenntnis kann er nicht ahnen, was in Sabines Innerem vor sich geht. Er hat nur eine vage Ahnung von den Tatsachen, ist verzweifelt, versteht nicht, was da los ist und wo sein Platz sein soll. Sein Adrenalin eilt ihm zu Hilfe, doch er kann und mag Sabine nicht wehtun.

So schlägt er mit der Faust ziellos in die Luft. Dann mehrmals mit der rechten Faust in die linke Handfläche, sodass es schmerzt, und er brüllt sich die

SELBSTMORDATTENTÄTER

Defizite von der Seele:
„Jäh, das ist echt prekär, widerlich, ekelerregend. Kenne sich einer mit den Weibern aus. Was willst du überhaupt? Dir kann man nicht folgen. Warum zwingst du uns unnötig ins Unglück? Ist dir bewusst, was du gerade tust, wie sehr du mich verletzt? Warum können wir uns nicht verstehen, können wie zwei zivilisierte Menschen vernünftig miteinander reden, miteinander umgehen? Das sind Kinderspielchen, die du mit mir treibst..."

Sie schweigt weiter. Schaut aufgeregt, diebisch zu, doch bringt keinen Laut heraus. Das macht Sebastian noch jähzorniger und er fängt an, sich selbst zu beschimpfen. Als er immer noch keine Reaktion spürt, gehen seine Beschimpfungen an ihre Adresse.

Er benutzt nun unbewusst allerhand obszönes Vokabular, so dass es ihm selbst unheimlich erscheint, Worte, die er noch nie in Sabines Gegenwart benutzt hat. Ausdrücke, die er aus Rücksicht und Liebe immer vermieden hat. Sie entsprachen vermutlich auch einem Stück bitterer Wahrheit, kamen gewiss aus den Kleinigkeiten, den feinen intimen Handlungen zwischen zwei Partnern. Seien es körperliche, seien es schräge Gewohnheiten, die man sonst nicht auszusprechen wagt. Er weiß nicht mehr, was er sagt, er überhört seine Worte. Das ist nicht mehr er selbst, sondern jemand anderes in seiner Hülle, irgendein gewalttätiges perverses Monster, das sich seines Mundes bedient.

Seine Wortfolge verletzt Sabine zutiefst. Es ist wie Salz auf eine offene Wunde. Natürlich ahnte sie nicht, dass Sebastian im Laufe der Zeit auf so manches bestimmte

Detail geachtet hat, dass er überhaupt davon je Notiz genommen hat.

Sie bricht in Tränen aus. Heiße Tränen, ein bitteres geräuschloses Heulen, ein stummes Heulen tief aus der Seele. Sie wünschte, es wäre nicht so weit gekommen. Sie mochte im Allgemeinen keinen Streit, keine Eskalation. Das lag in ihrer Natur, in ihrer Erziehung. Nun schluchzt sie.

Sebastian bleibt bei seiner mündlichen Randale. Bewusst vermeidet er die körperliche Gewalt. Ist auch nicht seine Art. Bis jetzt hatte er sie noch nie beschimpft, das lag nicht in seinem Wesen. Er war anständig und gut erzogen. Aus Wut über die Umstände und über sich selbst, weil er die Beherrschung verloren hatte, zerrt er sein Sakko aus und taumelt wie ein Trunkener ins Wohnzimmer. Das Gehirn ruft sein Gedächtnis zurück, er hört seine Stimme wieder und wieder, erkennt, dass er mit dem Demütigen seiner Frau besonders sich selbst hat minderwertig werden lassen. Er nimmt eine Flasche Cognac aus dem kleinen Schrank und fängt an zu trinken, ohne nachzudenken.

Sabine schaut ihm verwundet nach. Sie merkt, dass er sich von ihr abwendet und, statt ihn zu hassen, empfindet sie Mitleid mit ihm. Nun, da ihre Augen sich ausgeweint haben und sie etwas erleichtert ist, sagt ihr die Stimme der Vernunft: „Das war doch alles meine Schuld. Ich habe ohne vernünftigen Grund angefangen. Oh mein Gott, was habe ich getan? Warum mache ich ihm solche Vorwürfe? Ich muss verrückt gewesen sein. Konnte ich mich nicht stoppen? Wenn ich mich nur selber erkannt hätte! Das war ich doch gar nicht! Nun habe ich ihn in ein Monster verwandelt. Was hat er denn schon getan? Er war doch humorvoll und er wollte nur meine Stimmung verbessern. Ich gehe auf der Stelle hin zu ihm und entschuldige mich bei ihm."

Sie steht lässig auf. Doch etwas Unheimliches zwingt sie wieder zurück auf den Stuhl. Ob es falscher Stolz, Überheblichkeit, Ego, Torheit oder eine ungewisse Angst ist? Es ist nicht auszumachen. Ihre innere Stimme ermahnt sie: „Geh zu ihm, du liebst ihn doch, er liebt dich auch, das weißt du. Was ist bloß mit dir los? Weil er gelogen hat, nein, weil du denkst, dass er gelogen hat, weil du vermutest, dass er schmeichelhaft übertrieben hat. Du hörst, was du hören möchtest, du siehst, was du sehen willst. Du glaubst, dass er gelogen hat. Sei ein braves Mädchen, zeig deine weibliche Stärke, mach den ersten Schritt."

Sie steht ein zweites Mal auf, um zu Sebastian zu gehen, doch die wirren Ideen in ihrem Kopf halten sie zurück: „Warum lügt er, wenn er mich tatsächlich liebt. Wenn ich jetzt zu ihm gehe, dann wird er sich bestätigt fühlen und er wird es ohne Reue immer wieder tun. Er wird mich als naiv ansehen und versuchen, mich als seinen Besitz zu degradieren."

Nun geht sie mit einem mulmigen Gefühl, einer Mischung aus Hoffnung und Verlorenheit ins Schlafzimmer. Sie lässt absichtlich die Tür offen, wirft sich ins Bett, ohne sich zu entkleiden. Sie kämpft weiter mit sich selbst. Ein bitterer Kampf zwischen Empfindungen des Herzens, Gefühlen und Vernunft einerseits, falschem Stolz, jugendlicher Sturheit und weiblicher Hemmung andererseits.

Nichtsdestotrotz nimmt sie die grobe Schuld der Sache

auf sich, steht abermals auf, um zu ihm zu gehen, doch sie kann es nicht. Irgendetwas hält sie davon ab. Ihr wird bewusst, dass sie sich selbst nicht kennt. Sie bricht wieder in Tränen aus, verflucht ihre Dummheit und ihr kindliches Benehmen, ruft zum wiederholten Mal nach ihrer Mutter und nach Gott. Ein stummes Verlangen in ihr wünscht sich, dass Sebastian zu ihr käme. Dann würde sie ihn liebevoll umarmen und ihm beichten. Doch es geschieht nicht. Endlich aber fällt sie in einen traumlosen Schlaf.

Sebastian trinkt Cognac, zunächst hastig, dann langsamer und genüsslich. Er ist deprimiert und überredet sich selbst: „Scheiß drauf! Scheiß drauf!" Bald fällt auch er in einen bitteren Kampf mit sich selbst. Er verflucht, dass er solche demütigenden, beleidigenden Worte benutzte und warum er schon abgelegte Erinnerungstücke, ja wertlose Merkmale auf den Tisch gebracht hat. Die unverzeihlichen, unvergesslichen Worte, die er nicht zurücknehmen kann, deren hässliche Wirkung für immer bestehen bleibt und ihre Beziehung überschatten wird, belasten ihn. Warum hat er ihr wehgetan, ihre Seele verletzt. Nun kann er die Geschehnisse nicht wieder ungeschehen machen.

Trotzdem hofft er auf eine baldige Versöhnung. Und er steht auf, um zu ihr zu gehen, sich bei ihr zu entschuldigen. Er sagt sich: „Sei ein Mann, verzeihe ihr und bitte sie ihrerseits um Verzeihung. Du liebst sie doch und sie liebt dich auch, gar kein Zweifel."

Doch auch ihn hält etwas Unbestimmtes davon ab. Er mahnt sich: „Was ist, wenn sie mich abweist, mich beleidigt oder mich wieder missversteht, sie hat mich doch auch verletzt." Er weiß, dass er keine weitere Beleidigung ertragen kann. Er würde so emotional darauf reagieren, dass dann alles kaputtgehen würde und nicht mehr zu retten sei.

Seine Vernunft wiegt schwer. Sie überschattet seine Empfindungen und Gefühle zu Sabine. Er spricht wieder zu sich: „Nein, lass es sein, Basti, lass sie einfach in Ruhe. Vielleicht steckt etwas anderes dahinter. Sie ist nicht dein Eigentum und du bist nicht das ihre. Man kennt die Frauen nicht. Vielleicht hat sie die Nase voll von mir. Sie hat es satt, das Zusammenleben. Ich kann sie doch nicht zu irgendetwas zwingen. So etwas erlaube ich mir nicht. Irgendwann kracht es erneut und dann ist Schluss, aus, vorbei."

Während er so mit seinen Gefühlen und Gedanken hadert, hört er auf zu trinken. Und allmählich kann er etwas klarer denken: „Sei ehrlich, Basti. Du trägst die Schuld. Du bist dumm, echt dumm, ein Dickschädel, ein niveauloses Monster. Warum benimmst du dich kindisch und so unpassend lustig. Das tust du doch immer wieder! Du bist überhaupt nicht lernfähig. Warum so viel loben? Du schraubst sie hoch, kein Wunder, dass sie sich entweder zu wichtig nimmt oder deine Worte künstlich und übertrieben findet. Sie ist doch nicht die einzige schöne Frau auf der Welt, und das weiß sie selber auch. Ich liebe sie, ok, aber man kann doch die Liebe nicht mit Worten beschreiben, sie kaufen oder verkaufen. Zeige einfach, dass du sie liebst, demonstriere es, nicht mit den Worten, sondern mit Taten, solchen, die aus deinem Herzen kommen, die deine Gefühle widerspiegeln. Sabine hat recht, mich abzulehnen."

Die introspektiven Gedanken bringen ihn ins Leben zurück: „Wenn du sie liebst, warum kannst du dich nicht zurückhalten, warum keine Rücksicht nehmen, warum solche schäbigen beleidigenden Worte? Ach Mensch, Basti, lass sie einfach in Ruhe. Warte ab, was dabei herauskommt, besonders nach diesen Demütigungen."

Ermüdet von dem innerlichen Kampf und doch erleichtert lässt er die halbleere Flasche stehen. Geht ins Schlafzimmer, zieht sich um und starrt für eine lange Weile in Sabines Engelsgesicht, das unter den schwachen Strahlen der Nachtlampe so kindisch und unschuldig wirkt. Dabei denkt er lächelnd: „Trägst hinter diesem schönen Bild einen kleinen Teufel, meine Liebste." Er zählt ihre Atemzüge, ihren Herzschlag und gibt sich zufrieden, weil alles rhythmisch und harmonisch ist.

Sabine hat sich gekleidet unter die Decke gekrochen. Er möchte gern ihr Haar streicheln, die in die falsche Richtung gefallenen Locken aus ihrer Stirn beiseiteschieben, ihre Wangen, ihren Lippen küssen. Er möchte ihr beichten, sich vor ihr demütigen, ihr eine gute Nacht wünschen, doch seine Instinkte, seine Logik und Vernunft halten ihn davon ab. Er wirft sich auch auf das Bett, nur in einem gewissen Abstand zu ihr. In diesem Augenblick wacht Sabine auf. Sie spürt seine Nähe.

Zufällig oder vorsätzlich berühren sich ihre Körper. Jeder riecht den angenehmen, bekannten Duft des anderen, jeder nimmt den Hauch von Präsenz des anderen wahr. Das Herzklopfen und die vertrauten

Atemzüge, die füreinander Wärme und Schutz bieten, können glücklich, froh und stolz machen.

Sie wollen sich wiederfinden, wiederhaben. Doch noch ist keiner bereit für den ersten Schritt. Es braucht Zeit. Zuweilen ist es traurig zu sehen, dass zwei, die sich lieben, nicht fähig sind, die selbstgebauten Barrieren zu überspringen. Irgendetwas Unheimliches, Mystisches hindert sie noch.

Ein unschöner Tag, der schlechte Beginn eines langweiligen, langwierigen Zusammenlebens. Und das zwischen zwei Liebenden, die keine materiellen Probleme kennen, die unter keiner Hungersnot leiden oder aus Angst vor Verfolgung beschützt werden müssten. Ein abscheulicher Anfang von bizarren Missverständnissen? Oder ein Mangel an Selbstkenntnis? Vielleicht.

Oder doch ganz anders: ein Neubeginn, der Kenntnis- und Verständnisgewinn bringt, von dem beide noch nicht wissen.
Den Anfang dieses neuen Lebens trägt Sabine bereits in ihrem Bauch.

******

SELBSTMORATTENTÄTER

SELBSTMORATTENTÄTER

ZWEI FÜR EINS

Michael Möller, dreiundzwanzig, einundachtzig groß, athletisch, vierschrötig, intelligent, guterzogen, wohlhabend, sitzt allein in der Küche, weil seine Freundin Lena Liebknecht nicht daheim ist. Sie hat ihm mitgeteilt, dass sie irgendwohin gehen möchte, er hat es gehört, doch nicht richtig mitbekommen, es einfach überhört. Das war ihm auch egal.

Nun sitzt er da, kann sich zwischen Cognac und Bier nicht entscheiden. Nach kurzer Überlegung fällt die Wahl doch auf das Bier, weil er etwas Außergewöhnliches vorhat, und möchte ganz bei Sinnen bleiben. „Ich darf nicht betrunken sein", sagt er zu sich und denkt weiter, „Many hat viel für mich getan." „Er hat sich mehrmals Lenas und meinetwegen in Gefahr gebracht, eigentlich wegen Lena, aber wo ist der Unterschied?"

Manfred Schuster ist sein bester Freund. Ihre Freundschaft ist sehr solide und besteht seit der vierten oder fünften Klasse der gemeinsamen Schule. Sie

haben im Lauf der Jahre vieles gemeinsam mit Lena
Liebknecht, die zwei Klassen unter ihnen war,
zusammen unternommen. Von Versteck spielen im
nahegelegenen Wald bis zur Erledigung der
Hausaufgaben. Sie gingen zu Veranstaltungen, hatten
kindische Abenteuer und ärgerten die Allgemeinheit mit
kleinen Streichen. Dann kamen das Kino und die
Discobesuche, Komasaufen, Jugendsünden, wie das
Klauen von Süßigkeiten aus dem Supermarkt, Urlaub
ohne Eltern und vieles mehr.

Die schöne Lena Liebknecht zog die Aufmerksamkeit
der beiden auf sich, und es sah so aus, als ob sie die
beiden gleichzeitig liebte, jeden nach seinen
individuellen Fähigkeiten und seinem Humor. Am
Anfang war diese Liebe geschwisterlich, da sie keine
Geschwister hatte, doch im Laufe der Zeit entwickelte
es sich in eine Art von unschuldiger Liebe.

Sie erwiderte beiden die heimlichen Blicke,
vielsagendes Lächeln, Opferbereitschaft und warme,
mysteriöse Berührung, wenn sie für einen ekstatischen
kurzen Moment, abgeschirmt von den anderen
Spielkameraden, mit ihr allein waren.

Michael und Manfred wussten jedoch nichts von der
Intensität der Gefühle des anderen, ahnten jedoch schon
davon. Denn trotz ihrer unzertrennlichen Freundschaft
herrschte ein latenter Wettstreit, umhüllt von süßem
Neid und Eifersucht, zwischen ihnen um sie. Lena
genoss es, kokett und stolz.

Irgendwann musste sie sich doch entscheiden und auf
einen verzichten. Auf beide zu verzichten, kam für sie
nicht infrage. Sie ließ sich jedoch Zeit und hoffte auf

ein Zeichen des Schicksals. Als die Zeit reif war und sie keine Hilfe von der Außenwelt erhielt, fiel die Entscheidung für eine Beziehung nach vielen Überlegungen, innerem Kampf und Beratung ihrer Eltern auf Michael.

Michael war etwas emotionaler, empfindsamer, leidenschaftlicher und ein Romantiker. Er war selbstsicherer, aber auch angeberisch und arrogant. In seinem Verhalten zeigte sich eine Spur von Eifersucht und Neid. Er strebte ständig danach, der Erste zu sein. Wenn es um Hilfe für Lena oder eine Antwort auf eine ihrer Fragen ging, verpflichtete er sich als Erster, zur Stelle zu sein.

Manfred dagegen war etwas lockerer, ausgeglichener, leichtsinniger bis zur Unbedarftheit. Er betrachtete Michael nicht als seinen Konkurrenten und Lena nicht als ein naives Mädchen, das ständig auf Hilfe von den anderen angewiesen sei. Als Lena sich für Michael entschied, nahm er es gelassen, veranstaltete keine Trauer und gratulierte ihnen herzlich und humorvoll. Ihm war die Freundschaft mit beiden wichtig und an erster Stelle.

Michael liebte Manfred und war bereit, alles, sogar seine Unterwäsche, mit ihm zu teilen, bis auf Lena. Die Beziehung mit Lena schien für ihn irgendwie heilig zu sein. Diesbezüglich war er von seinen streng katholischen Eltern konservativ erzogen. Lena störte das nicht. Sie liebte Michael, hatte Pläne für die Zukunft und wollte mit ihm eine Familie mit gesunden Kindern gründen.

Nun kreisen seine Gedanken um das bevorstehende

Problem, während er sein Bier in kleinen Schlückchen trinkt. „Many ist sogar wegen Lena fast im Knast gelandet. Er hat es verdient, unterstützt zu werden."

Dann verflucht er genervt: „Verdammt, verdammt, verdammt Many, diese Angelegenheit ist jedoch verdammt ernst." Er wurde Rot vor Zorn. „Du steckst in der Scheiße, mein Freund, in einer beschissenen Klemme. Dieser Mistkerl, Mario Benzoni, dieser Spagetti…, Mist! Hätte er nicht davon gewusst, könnte alles anders laufen. Ich erledige dich, du Miststück."

Er denkt tiefgreifend weiter: „Many, mein Freund, du bist dumm, du solltest etwas mehr aufpassen. Wenn dieser Mann jetzt den Mund aufmacht, gehst du entweder in den Knast oder du wirst durch die Bande erledigt, gar noch getötet. Oh mein Gott, Many! Scheiße, scheiße, scheiße! Du bist einfach dumm, unbedarft. Ich schwöre, du bist ekelhaft. Du hast mich in Schwulitäten gebracht, du hast uns in Verlegenheit getrieben. Ich habe dich doch gewarnt. Warum nur hast du dich auf solche Dinge eingelassen? Warum hast du überhaupt mit solchen Leuten Kontakt aufgenommen?"

Sie brauchten Geld, in der Tat Lena brauchte es, welches die Eltern sich nicht leisten konnten. Im Rahmen von Jugendsünden nahm Manfred eigenhändig Kontakt zu einer kleinen Bande der Drogenmafia auf, um etwas auszuliefern. Da er unauffällig und in diesem Bezug nicht polizeilich registriert war, vertrauten sie ihm und rekrutierten ihn.

Als er die Drogen zum Ausliefern bekam, mischte er die Ware leichtsinnig und aus Gier mit anderen

Chemikalien, lieferte aus, kassierte doppelt und verursachte dadurch einen Bandenkrieg. Mario Benzoni erfuhr davon und drohte ihm mit Konsequenzen, da sonst auch er selbst ausgeliefert worden wäre. Die Erfahrung zeigte, dass solche Gruppierungen nicht davor zurückschreckten, untreue Lieferanten, die sie als Verräter betrachteten, zu eliminieren.

Michael fährt mit der rechten Hand durch sein Haar. „Nun ist nichts zu ändern, passiert ist passiert. Doch ich kann nicht zulassen, dass dir etwas geschieht. Many, mein Freund, das kann ich auf gar keinen Fall zulassen. Wäre ich in solch eine Situation geraten, hättest du dergleichen getan."

Er steht auf, schnappt sich eine Bockwurst, immer noch vertieft in der Beratung mit sich selbst. Er überlegt alles hoch und runter, alle Möglichkeiten und Hindernisse. „Diesen Mistkerl zu beseitigen, ist für mich ein Kinderspiel. Niemand wird es merken. Er hat sowieso Angst vor mir und macht sich in die Hose, sobald er mich sieht."

Er rutscht auf dem Stuhl hin und her, trommelt mit den freien Fingern auf den Tisch und flüstert zu sich, als säße ihm jemand gegenüber und lauschte aufmerksam, doch kein anderer dürfe es mitbekommen:
„Warte, warte…, ich habe eine Idee, ja genau, ich mache es so…, nein, das geht nicht! … Doch! Warum nicht? Ja, ja, Mike, so ist es das Beste. Ich locke ihn, drohe ihm mit der Pistole, seine eigene Arterie zu durchtrennen, und wenn er zögert oder versucht, etwas Dummes zu tun, helfe ich ihm. Das kriege ich... das kriege ich hin. Ansonsten knalle ich ihn einfach ab."

Michael Möller hat nie eine Straftat begangen, geschweige denn Versuch einen Menschen umzubringen. Er kann einmal das Schlachten eines Tieres nicht ertragen. Er lacht bitterlich:
„Er ist krank, schwerkrank, wird so oder so heute oder morgen sterben, dieser alte Sack. Dumm von Many, dumm, dumm, dumm…! Ein Pech, jetzt muss ich mir damit die Hände schmutzig machen."

Michael geht sparsam mit seinem Bier um, er will bei Vernunft bleiben. Er beißt ein großes Stück der Bockwurst ab, dabei verschwindet der minimale Rausch des Alkohols. Er denkt nüchtern nach, auch die Emotionen verschwinden:
„Warum soll ich wegen Manfred Schuster morden? Mord ist Mord, Freundschaft hin oder her. Ich mache mich sündig. Um Gottes Willen, warum? Denk darüber nach Mike! Was ist, wenn meine Eltern davon erfahren? Was ist, wenn Lena davon mitbekommt? Nee, das kann ich nicht tun, so einfach ist das nicht. So was passt einfach nicht zu mir. Dummheit hat ihren Preis. Wenn Many trotz meiner Warnung sich so dumm und unbedarft verhält, dann soll er büßen, soll er in den Knast gehen, dadurch lernt er bestimmt aus seinem Fehler. Unsere Freundschaft bleibt unversehrt, er wird mich ganz gewiss verstehen."

Er schüttelt den Kopf und trommelt mit dem Rest der Wurst auf den Teller, der mit einem kleinen Klecks Senf beschmiert ist, und lächelt über seine eigene Dummheit.
„Ich muss unbedingt mit Lena darüber reden. Ich darf ihr solchen Sachen nicht verheimlichen. Ja, natürlich Lena. Wer kommt sonst infrage? Wo bleibst du denn?" „Lena, Leni, Len…, wo steckst du denn?", sagt

er laut und melodisch.

Ihn langweilen die kontroversen Gedanken. Er streckt seine linke Hand aus und stößt gegen seine Bierflasche, die beinah auf den Tisch fällt. Doch seine rechte Hand eilt ihm zu Hilfe, während er die Bockwurst fallen lässt und das Bier rettet. Er mahnt sich zu etwas Besonnenheit und greift zum Handy. Lenas Nummer ist mit ihrem kleinen Bildchen vermerkt. Er tippt auf ihr Bild, doch plötzlich zittert seine Hand und er hört sofort damit auf.
„Was soll das? Was kann sie denn tun? Was wird sie überhaupt denken? Sie hat mir doch gesagt, wohin sie will. Meine Schuld, ich habe nicht darauf geachtet. Wie wird sie es aufnehmen? Als würde ich ihr nachspionieren? Eifersucht? Nein. Es war sowieso in der letzten Zeit etwas angespannt zwischen uns. Sie hat mich schonmal wegen Nachspionieren kritisiert und mir sehr oft Eifersucht vorgeworfen. Das war eine Blamage und darf sich nicht wiederholen."

Diesbezüglich hatten sie einen heftigen Streit miteinander. Sie streiten in der Tat mehrmals am Tag, in einem für ihn ganz normalen Machtkampf zwischen Partnern. Er kratzt sich mit dem Handy am Hinterkopf, dabei zerzaust er seine Haare.
„Außerdem, was wird sie mir sagen? Sie ist ein zartes, naives Mädchen. Sie wird meine Entschlossenheit nur schwächen, mein Vorhaben erschweren. Nein, lass sie raus, Mike. Lass sie einfach aus der Sache raus. Das wird sie unheimlich belasten. Falls sie es irgendwann herausbekommt, werde ich ihr in aller Ruhe alles erklären."

Er legt das Handy wieder auf den Tisch und trinkt einen

kräftigen Schluck von seinem Bier:
„Sei ein Mann, Mensch, ein ehrenhafter Mann!",
befiehlt er sich. „Schluss mit so viel Logik und
Nachdenken. Sei kein Feigling, habe ein bisschen stolz,
ein bisschen Eier! ... Mann oh Mann, Mann oh Mann,
das ist eine ehrenhafte Angelegenheit. Many hat mir
zwar nichts davon gesagt, doch sein Schutz ist meine
Aufgabe, sogar meine Pflicht, wie er mich oder eben
Lena beschützt hat. Dabei ist es nicht so schwer für
mich, es ist sogar zu leicht und er ist gerettet. Warum
er? Wir alle!"

Er stellt sein Bier auf den Tisch:
„Moment mal! Warum hat er mich nicht um Hilfe
gebeten, obwohl er wusste, dass ich es tun würde?
Steckt etwas anderes dahinter? In der letzten Zeit
benimmt er sich seltsam, distanzierter, merkwürdig.
Warum tut er das? Hütet er ein Geheimnis, von dem ich
einmal nicht weiß? Dann wäre es schlimm, sehr
schlimm. Wir hatten über die Jahre hinweg keine
Geheimnisse voreinander..."

Er schüttelt seinen Kopf so kräftig, dass sein Nacken
knackt: „Doch, soweit ich mich erinnere, benimmt er
sich mir gegenüber immer so, zwinkert heimlich Lena
zu, macht sich über mich lustig, denkt, dass ich unfähig
bin, etwas Besseres zu tun oder mutige Entscheidungen
zu treffen, und Gott weiß was noch...", argumentierte er
mit sich selbst.

Michael plagt ein Minderwertigkeitsgefühl, daher
versucht er sich ständig zu behaupten und geht davon
aus, dass Manfred viel besser und überlegener ist als er.
Er hat Angst, er leidet unter Phobophobie, der Angst

davor, Angst zu haben. Dieses Gefühl jagt ihn ununterbrochen, so dass er paranoid geworden ist und den Gedanken nicht von sich weisen kann, dass Manfred und Lena hinter seinem Rücken über ihn reden, ihn mobben und Lena ihn nur aus Mitleid ausgewählt hat, obwohl er keine Beweise oder Indizien dafür vorweisen kann. Daher ist er trotz seiner Liebe zu Lena und seiner scheinheiligen Fröhlichkeit und Glückseligkeit meist launisch und streitet oft mit ihr.

Er leert sein Bier:
„Ach, du bist ein Arschloch, Mike, ein Feigling, ein Trottel. Jetzt, weil du selbst dran bist, suchst du nach Vorwänden. Gar nichts hat sich geändert. Was ist anders als sonst? Du bildest es dir nur ein. Er hat mich nicht um Hilfe gebeten, weil er mich aus der Sache heraushalten wollte. Er ist ein wahrer Held. Steckte ich in solchen Schwierigkeiten, dann stände er längst vor meiner Haustür."

Michael Möller kann nicht entscheiden. Er kämpft einen quälenden inneren Kampf zwischen Vernunft und Emotion, zwischen Logik und Stolz, Ehrenhaftigkeit, Menschlichkeit und der Stimme seines Herzens, seinen Gefühlen gegenüber seinem besten Freund.

Dieser Kampf dauert mehr als eine Stunde. Er bekommt Kopfschmerzen und inzwischen leert er seine zweite Flasche Bier, was er auch vertragen kann. Dann trinkt er zusätzlich ein volles Glas Cognac, um seine Kopfschmerzen zu beseitigen und sich etwas Courage zu verschaffen. Danach bremst er sich bewusst und hört auf zu trinken. Insgeheim wünscht er sich, dass Lena da wäre. Doch von ihr ist weit und breit keine Spur.

Endlich hebt er seinen Kopf, atmet tief durch, streckt seine Brust raus und entscheidet sich entschlossen mit voller Zufriedenheit:
„Ich tue es. Wenn ich es nicht tue, dann wird diese peinliche Reue, diese qualvolle Erinnerung mich lebenslang begleiten. Ich kenne mich gut. Ich kann Many, meinen besten Freund, nicht im Stich lassen, koste es was wolle."

Michael steht auf, vertreibt alle Gedanken und Nebengedanken und ist nun froh, dass Lena nicht zu Hause ist. Er zieht seine Lederjacke an, nimmt seine Lederhandschuhe und ein paar extra Socken, um seine vermeintlichen Fußabdrücke zu verhindern. Er kämmt seine Haare sorgfältig, setzt seine Sonnenbrille auf und geht mit beschlossener Entschlossenheit aus dem Hause.

Unterwegs fokussiert er sich ausschließlich auf seinen Plan. Er muss zunächst die Pistole bei Manfred abholen und kalkuliert, wie er Mario Benzoni begegnet, ihn in einen Hinterhalt lockt und erledigt. Er überlegt jeden Schritt detailliert genau und ist so sehr in seinen Plan vertieft, dass er überhaupt nicht wahrnimmt, dass Lenas Auto in der Bergstraße, ein paar Häuser vor Manfreds Haus geparkt war.

Er geht bewusst zur Hintertür, um die neugierigen Blicke der Nachbarn zu vermeiden. Als er an der Küche vorbeikommt, sieht er Manfred, der auf einem Stuhl sitzt und genüsslich raucht. Er spürt die Rauchwolken und macht instinktiv die Augen zu.

Leise klopft er an die Fensterscheibe. Manfred dreht erschrocken den Kopf, entdeckt ihn, steht auf und

öffnet die Küchenglastür. Dabei inszeniert er eine merkwürdige, künstliche Szene und sagt auffallend laut:
„Hey Mike, du hast mich erschreckt. Mann, Mann, Mann, komm rein…""

Michael, der seinen Freund gut kennt, merkt sofort, dass diese Szene gespielt war und presst den Zeigefinger auf die Lippen, als ein Zeichen des Schweigens. Er will keine Aufmerksamkeit erregen und mit seinem Namen gar nicht angesprochen werden. Er will, dass keiner mitbekommt, dass er überhaupt da ist. Manfred lacht weiter und wieder theatralisch und bleibt bei seiner amüsierten Haltung. Er versucht unter der Tarnung, dass er die Ernsthaftigkeit von Michael nicht ernst nähme, etwas zu verbergen.

„Many, höre auf…, hör mir zu!", murmelt Michael verärgert.

Als Manfred weiter Lärm verursacht, befehlt er seinem Freud:
„Hör auf, verdammt nochmal, die Lage ist ernst!"

Manfred bekommt ein flaues Gefühl im Magen. Er kann sich nicht plausibel erklären, was bei seinem Freund los sei. Sein Gesicht wird kreidebleich. Er ist überrascht und weiß nicht, wie er Michael von der Lage, in der er sich befand, überzeugen soll. Er sagt:
„Man kann alles erklären. Bewahre bitte deine Ruhe, Mike! Ich erzähle dir das Ganze."

„Es gibt nichts weiter darüber zu diskutieren."

„Hör zu, höre mir bitte zu! Wir sind doch Freunde. Es

gibt für alles eine Erklärung. Dann mache das, was du auch willst."

„Many, du brauchst mir nichts zu erklären. Ich weiß über alles Bescheid. Ich habe es entschieden und dabei bleibe ich auch. Ich möchte gar kein Wort mehr darüber hören, weder von dir noch von jemand anderem. Ich erledige diesen Mistkerl heute Abend."

„Welchen?... Was meinst du damit?"

„Den Mario! Wen sonst!"

Ein Schauer läuft über Manfred Schusters Rücken. Er ist erleichtert und aufgeregt zugleich. Er spricht noch lauter:
„Mike, beruhige dich. Das ist nicht nötig."

„Ich habe gesagt, dass ich kein einziges Wort darüber hören möchte, verstanden? Ich habe alles genau geplant, habe alles im Griff. Sag mir, wo hast du die Pistole?"

„Die kriegst du nie."

„Many, sei nicht dumm. Ich bin kein Kind und ich weiß, was ich jetzt tue. Damit machst du dich nur lächerlich. Wenn du nicht mitmachst, dann suche ich eben selbst."

Manfred hat keine andere Wahl. Er hat irgendwie Eile und will seinen Freund schnellstmöglich loswerden, weil unter solchen Umständen jede Erklärung unglaubhaft klingen würde:
„Hinter der Spüle."

SELBSTMORDATTENTÄTER

Michael Möller zieht seine Lederhandschuhe an, um keine Fingerabdrücke auf der Pistole zu hinterlassen. Er nimmt die Waffe heraus, wischt sie mit einem trockenen Lappen ab, schraubt den Schalldämpfer fest und fragt:
„Ist sie geladen?"

„Voll." Manfred mustert seinen Freund. Wie gelassen und lässig er wirkte. Er hatte ihn noch nie so erlebt.

„Ich brauche nämlich nur einen einzigen Schuss, wenn nötig."

„Du bist verrückt, Mike, weißt du! Verrückt."

„Schnauze!"

„Ich würde es nicht tun. Man kann es anders regeln."

„Nerv mich bitte nicht, Many. Es wird kein Wort mehr darüber gesprochen. Du hast mich nicht gesehen, wir sind uns heute gar nicht begegnet. Deswegen habe ich diese Socken über meine Schuhe gezogen, um keine frischen Fußspuren bei dir zu hinterlassen. Rede bitte nicht zu laut und spiele kein unschuldiges Lamm. Du oder ich, wir haben Scheiße gebaut, rückgängig können wir es nicht mehr machen. Wenn ich es tue, ist es besser und einfacher, als wenn du wieder irgendeine Dummheit begehen würdest."

„Du bist verrückt, ein Wahnsinniger!"

„Ja, wie du nee… Bitte sage keinen Laut mehr darüber."

„Wie du willst. Ich bin damit ganz und gar nicht einverstanden. Aber wie du willst. Ich wünsche dir viel Glück. Sei vorsichtig!"

Manfred Schuster sieht sehr genervt und ungehalten aus. Er will die Sache schnellstmöglich hinter sich haben. Nichtsdestotrotz will er Michael Möller an seinem Vorhaben hindern, weil er es tatsächlich unnötig und übertrieben findet. Er sucht nach einem Vorwand: „Ich gehe kurz auf die Toilette und dann erkläre mir nur in aller Ruhe, was du vorhast."

Michael Möller fängt an, ihm kurz und knapp von seinem Plan zu erzählen:
„Hör zu, bevor du auf die Toilette gehst, möchte..."

Eine warme weibliche Stimme überrascht die beiden:
„Many, mit wem redest du so laut?"

Michael Möller dreht sein Kopf erschrocken zur Küchentür. Dort sieht er ein langes weißes Hemd und zwei nackte Beine.

Ein Moment des Schweigens erfüllt den Raum, ein gewichtiges Schweigen. Vier Augen glotzten irritiert einander an. Michael Möller schaut auf keine, sein Gehirn ruft sein Gedächtnis ab. Auf einmal wurde ihm klar, dass Lena seit langem versuchte, sich von ihm zu trennen, aber dass sie mit Manfred eine Affäre hatte, konnte er nicht ahnen. Neid, Eifersucht, Minderwertigkeitsgefühl, Erniedrigung, Demütigung, Betrug und Verrat, alles auf einmal wird in einen unkontrollierbaren Zorn umgewandelt. Ihm wird heiß und kalt zugleich und seine Hände ballten sich zur

SELBSTMORDATTENTÄTER

Faust.

Manfred Schuster macht den Mund auf: „Es ist nicht so, wie du..."

Es wurden zwei Schüsse abgefeuert, zwei unschuldige Seelen wurden von zwei Körpern befreit.

Dank der Schalldämpfer hört keiner den Knall der Schüsse.

Lena kann ihren Satz nicht zu Ende sprechen: „Du hast einen Fehler begangen..."

Michael Möller lässt die Waffe fallen und verschwindet genauso, wie er gekommen ist, mit den Handschuhen und mit den Socken über den Schuhsohlen, bis er die Straße erreicht.

Unterwegs übersieht er die Mechaniker, die an Lenas Auto arbeiten.

Zu Hause angekommen, setzt er sich an den Küchentisch, öffnet gelassen, reuelos und in aller Seelenruhe seine dritte Flasche Bier. Auf Lena Liebknecht braucht er nicht mehr zu warten.

Seine Flasche ist noch nicht leer, als an der Tür geläutet wird. Er macht die Tür auf.
Der, ihm bekannte, Mechaniker sagt eilig und hastig: „Ist ihre Frau schon zu Hause?"

„Nein, warum?"

„Sie hatte eine Autopanne in der Bergstraße, dabei hatte

sie ihre Klamotten beschmutzt. Sie hatte es ziemlich eilig und wollte zur Gynäkologin. Aber zuerst musste sie ihre Kleider säubern. Erstes Kind, was?"

„Warum sind Sie dann hier?"

„Ich ging davon aus, dass sie nach Hause gelaufen ist, um die Klamotten zu reinigen oder sie zu wechseln. Ich konnte sie nicht kontaktieren, weil ihr Handy kein Akku mehr hatte. Das Auto ist jetzt heile. Die Reparaturkosten geht auf Garantie."
Er übergibt den Schlüssel und verschwindet.

Michael Möller hat keine Kraft mehr, die Tür zu schließen. Er fällt auf der Stelle auf den Boden, gelehnt an der Wand. Um ihn herum wird alles nebelig und dunkel.

Er bekommt urplötzlich Fieber. Kalter Schweiß läuft über seinen ganzen Körper und macht seine Kleidung klatschnass. Er wünscht sich, dass er die Pistole noch dabei hätte. Noch schummrig, kann er schwermütig bis zum Telefon, das im Flur steht, kriechen.

Die Sanitäterin gibt seine Leiche zur Autopsie frei.

******

SELBSTMORATTENTÄTER

SELBSTMORATTENTÄTER

Inspiriert von der Legende von Bibi Lashkari (Army-Lady), die im 8. Jahrhundert im Krieg gegen arabische Invasoren in Kabul fiel. Ihr Mausoleum befindet sich im Westen Kabuls.

SELBSTOPFERUNG

Der Krieg ist eine Untat, die die Tiermenschen immer wieder unweigerlich gegeneinander führen müssen. Es gibt eine Fülle von unterschiedlichen Kriegen, je nach Inhalt, Ursache, Interesse, Farbe, Zweck, Mittel, sowie dem nationalen Interesse, es gibt territorial, politisch und wirtschaftlich ambitionierte, religiös orientierte und noch weitere.

Hinter jedem Krieg stecken überwiegend die Interessen, Gedanken und Begierden einer Handvoll machtgieriger, psychisch kranker und besessener Menschen, die für ihre Zwecke menschliche Opfer in Kauf nehmen.

Krieg ist Krieg, man kann ihn nicht rechtfertigen. Er eruptiert sich aus der Angst eines Menschen, einer Gruppe von Menschen, eines Bezirkes oder eines Volkes, das überzeugt ist, Angst zu haben, welches sich an die Wahrheit der Lüge lehnt.

Es gibt rechtberechtigte Kriege, es gibt Annexionen und konfiszierende Kriege, aber in der Tat und Wirkung sind sie alle gleich und man darf sie nicht distinguieren oder justifizieren. Wo es an Vernunft und Logik mangelt, wird etwas an den Haaren herbeigezogen. Die Sinnlosigkeit des Krieges, eine nostalgische Regression und eine schwerwiegende Reue, warum mitgemacht zu haben, kommt immer erst nach dem Krieg, der zu viele Opfer gefordert hat, zum Vorschein.

Im Krieg fallen die Menschen, meistens die Jungs. Sie werden verwundet, behindert, traumatisiert. Die Frauen werden zu Witwen, die Kinder vaterlos und die Eltern verlieren ihre Söhne. Häuser, Straßen, Städte und Dörfer werden ruiniert, als Konsequenz werden Hunger, Not, Leid, Schmerz und Angst vor der Zukunft herrschen.

Diejenigen, die dabei ihr Leben verlieren, sind ihre Qual und ihr zu erwartendes prädestiniertes Elend los, aber sie hinterlassen eine Schar von Leidenden: die Familie, die Kameraden und den Kommandanten, der um Personalmangel bangen muss.

Es herrschte seit einiger Zeit Krieg im Land. Maria Bremer, unverheiratet, gebildet und intelligent, die ihren Vater im vorigen Krieg verloren hatte und deren Mutter kurz vor Ausbruch dieses Krieges verstorben war, verlor ihren geliebten Bruder, ihren einzigen Beschützer, Tim Bremer, der für sie wie ein Fels in der Brandung war, auch in diesem verfluchten Krieg.

Sie konnte nicht genau feststellen, welche Seite des Krieges recht hatte, um zu töten oder um getötet zu werden. Sie konnte noch nicht einmal entscheiden, ob sie denjenigen, der auf ihren Bruder geschossen hatte, hassen müsste oder nicht, sie hasste den Krieg.

SELBSTMORATTENTÄTER

Der Krieg war nun mal da, gewünscht oder nicht erwünscht, sein dunkler diabolischer Schatten erstickte das Strahlen des Lichtes im Lande. Es war ein Durcheinander zwischen Ursache, Mittel und Zweck. Jedes neue Opfer eskalierte zu einer neuen Welle der Gewalt und erhöhte die Lust auf das Töten. Viele wussten nicht, warum sie töteten, doch töteten sie, wie ein menschenfressender Tiger. Wenn er einmal einen Menschen gefressen hat, tut er es immer wieder und hört nicht auf, Menschen zu töten.

Es war ein langweiliger, langwieriger Krieg, dessen Ende nicht abzusehen schien. Mal gewann eine Einheit eine Front, bald gewann die andere, mal eroberte eine Kompanie einen Ort, mal die andere. Die Zivilisten mussten entweder emigrieren oder sich von neuem orientieren und leiden.

Marias Wohnsitz lag in der Nähe einer einigermaßen stabilen Front. Es gab täglich gegenseitige Schüsse, es gab Verletzte und manchmal auch Tote. Sie verfolgte pedantisch die Nachrichten über den Krieg und das Martyrium der Soldaten. Sie konnte weder studieren, noch fand sie einen passenden Job. Mal einen Alten pflegen, mal auf ein Kind aufpassen, mal kellnern, aber nichts Solides.

Ins Landesinnere wollte sie nicht umziehen. Irgendwie war sie mit diesem Ort verbunden, mit diesem Hügelland voller Weinreben und Obstbäume. Ihre Eltern und ihr geliebter Bruder waren auf dem großen Friedhof der Ortschaft begraben, wo sie immer wieder die Gräber besuchte. Hier konnte sie trauern, weinen, mit ihnen sprechen, und ohne Trost, den sie gebraucht hätte, kehrte sie wieder heim.

Sie lebte einsam und allein in der bescheidenen elterlichen Wohnung. Mit einundzwanzig war sie zart, elegant und schön. Sie war rational und gab nicht allzu viel auf Mode, Make-up und Schmuck. Einen Freund hatte sie nicht, Bekanntschaften wechselten, aber es gab keine feste Beziehung, keine wahre Liebe. Das wollte sie auch nicht. Sie wollte keine eigenen leidenden Kinder haben, da das Ende des Krieges nicht absehbar war.

Sie kam auf die bizarre Idee, bei dem Krieg, mit dem ihre Ahnen verbunden waren, mitzumachen. Die anderen Gründe waren ihr egal, irrelevant. Schießen und töten konnte sie nicht, dafür war sie zu naiv und ungeschult. In der nahegelegenen Einheit, wo ihr Bruder diente, gab es keine Soldatinnen oder weibliche Offiziere, nur eine Nonne, welche die leicht verletzten Soldaten betreute, ihre Wäsche wusch und ab und zu kleine Geschenke oder ein Stück Schokolade den Soldaten schenkte, um ihnen in einer so trostlosen Zeit eine kleine Freude zu machen.

Nach vielem Nachdenken und innerer Zerrissenheit traf sie eine außergewöhnliche, entschlossene Entscheidung. Sie bewarb sich bei Oberst Dieter Hermann, ein sympathischer, methodischer Kommandant der Einheit. Sie schilderte dem Oberst mit natürlicher Scham und Schüchternheit ihr Vorhaben, nachdem sie sich ausführlich vorgestellt hatte.

Der Oberst musterte sie stutzig und skeptisch. Er fragte: „Ist das Ihr Beruf?"

„Nein."

„Sind Sie verheiratet, haben Sie Kinder?"

„Nein."

„Mangelt es Ihnen an Geld oder Gesellschaft?"

„Nicht wirklich."

„Sind Sie sicher, dass dies eine kluge Entscheidung ist, sind Sie sich der Gefahren bewusst?"

„Weiß ich nicht..., aber eigentlich schon..."

Nach dieser formellen Anhörung fragte der Oberst etwas zögernd und zurückhaltend weiter:
„Sie sind doch gesund?"

„Sehe ich etwa krank aus?

„Ich meine irgendeine psychische Störung oder ähnliches."

„Seien Sie unbesorgt, ich bin kerngesund. Das können Sie doch überprüfen oder untersuchen lassen. Außerdem, wer ist heutzutage nicht psychisch zerstört?"

„Warum tun Sie das?"

„Ich kann die Leiden der Soldaten nicht ertragen. Ich habe genug traurige Geschichten von meinem Bruder Tim gehört. Und es gibt andere Gründe, die ich eben nicht wörtlich beschreiben kann... ."

„Verstehe! Aber ich habe bis zu diesem Zeitpunkt so etwas noch nicht erlebt, auf jeden Fall nicht auf diese Art und Weise." Der Oberst runzelte seine Stirn und schaute sie mit einem nachdenklichen bitteren Lächeln an.

„Ich auch nicht", lächelte sie charmant.

Der Oberst war unfähig zu entscheiden. Unter den Umständen, wie Maria Bremer sich beworben hatte, bei ihrer Art von Einfachheit und Unschuld konnte er sich nicht über sie lustig machen, im Gegenteil, er hatte sie sehr ernst genommen. Der erfahrene Oberst entdeckte während dieses kurzen Gesprächs in diesem reizenden, unreifen Mädchen ein verstecktes leidenschaftliches Wesen. Sie konnte gut und gerne seine Tochter sein. Solch ein Gefühl überwältigte ihn, als er aufstand und ihr seine Hand reichte.

Er sagte mit einer sanften väterlichen Stimme: „Ich glaube, dass ich Sie gut verstehe. Geben Sie mir ein paar Tage Zeit. Ich lasse es Sie wissen."

Nach knapp einer Woche rief der Oberst sie an, kündigte ihr seine Unterstützung an und versicherte ihr seinen unbeschränkten Beistand. So begann ihre unwürdige Karriere.

Zunächst ließ sie sich etwas Zeit, um über alles nochmal gründlich nachzudenken.

Sie ging nicht gerade mit besonderer Selbstsicherheit, wie es der Oberst geheißen hatte, zu Leutnant Thomas Riesch, der bei dem Bataillon Kommandant war. Ein

junger Offizier mit stählernem Körper und etwas apathisch in seiner lässigen Art. Er wies sie in die Hausverordnungen und ihre eigene Sicherheit, Hygiene usw. ein und zum Schluss reichte er ihr ein volles Päckchen billiger Kondome, die er deswegen besorgt hatte, und fragte prahlerisch:
„Wollen wir gleich anfangen?"

Irgendwie war Maria seine Gegenwart während dieser Unterhaltung zuwider. Sie verneinte lakonisch, und ohne Enthusiasmus war sie schon draußen. Der Leutnant, Vater zweier Kinder, verharrte in der Tür und schaute ihr teilnahmslos nach und sagte nichts.

Impulsiv entschied Maria, die Zügel selber in die Hand zu nehmen und ihre Kunden selber zu wählen, dabei konnte sie nichts verlieren. Wenn es schiefging, dann konnte sie auf der Stelle aufhören. Sie ging am selben Tag, noch immer unsicher, zu der Baracke.

Vor der Baracke begegnete ihr die Nonne, die ebenfalls mit Vornamen Maria hieß, Maria Burgdorf. Sie wusste über Marias Vorhaben Bescheid und ignorierte ihre Begrüßung. Maria Bremer fühlte intuitiv Verständnis mit der Nonne, die kein Verständnis mit ihr haben wollte, und ging in die Baracke hinein.

Dort angekommen, traf ihre Augen ein trauriges Bild, zumindest auf den ersten Blick. In einem halbdunklen Raum mit kahlem Fußboden reihten sich einige eisernen Betten an zwei gegenüberstehenden Wänden. Einige Soldaten spielten Karten, einige redeten durcheinander oder raunten miteinander, einige rauchten und ein anderer las ein Buch, ein paar Soldaten schliefen oder lagen aus Langeweile auf ihrem

Bett. Sie versuchte, so weit wie es ging, die Ruhe zu bewahren und sich zu beherrschen. Bei ihrem Eintreten schauten ein paar dutzend Augen sie mit Bewunderung instinktiv an.

Ihre innere Stimme sagte ihr: „Lass diesen Unsinn und verschwinde auf der Stelle, bevor es zu spät ist!" Dennoch blieb sie stehen. Sie hatte ihre Entscheidung sorgfältig getroffen und entschieden, alles, was ihr gehörte, die Freude, das Leid, sogar ihre Ehre, ihren Stolz und ihr Leben, mit diesem Haufen von Mitmenschen zu teilen, sie mit sich zu vereinen.

Ungeachtet dessen, was sie gerade angerichtet hatte, ignorierte sie die geöffneten Augen, die sie anstarrten, und die weit aufgerissenen Münder, die sie bestimmt verschlingen wollten, und sagte laut:
„Hallo zusammen!"

Ein Chor von Stimmen antwortete durcheinander:
„Hallo"

Sie wollte kurzen Prozess machen, um einigermaßen alles unter Kontrolle zu haben:
„Ich bin Maria Bremer und habe vor, mit euch zusammen zu leben..."

„Wir haben eine Nonne", sagte der Metzger, Dirk Born.

„Ich bin keine Nonne."

„Bist du eine Spionin?"

„Nein, ich habe entschieden, mein Leben mit euch zu teilen."

Sie hatte den Satz noch nicht beendet, als der vierschrötige Muskelmann, Wolfgang, der in dem niedrigen, dunklen Raum wie ein Riese wirkte, hochschoss und brüllte:
„Die gehört mir!" Und er grinste Maria zu: „Ich bin Bart, Wolfgang Bart. Das musst du dir merken, Schätzchen..."

Maria blieb ruhig. Sie hatte mit allem gerechnet und hatte über Wolfgang Bart auch etwas von ihrem Bruder gehört. Sie widersprach ihm mit ihrer sanften, aber soliden und lauten Stimme:
„Ich gehöre niemandem, ihr alle gehört mir. Ich bin die, welche hier entscheidet."
Sie zögerte kurz.
„Und übrigens, ich bin die Schwester von Tim, eurem gefallenen Kameraden."

„Ach ja, ich erinnere mich an Sie", mischte sich der Student, Michael Lammert ein, während er sein Buch beiseitelegte. „Ich habe Sie bei der Beerdigung gesehen. Etwas anders, aber immerhin. Wie wollen Sie Ihr Leben mit uns teilen? Als Soldatin, oder wie?"

„Das bestimme ich!", antwortete sie ungeniert. „Der Oberst und der Leutnant wissen Bescheid..."

Sie ging mit soliden Schritten zu dem halbschläfrigen Behinderten, Stephan Grosch. Sie kannte die Namen, die Eigenschaften und den Stand der Soldaten von ihrem Bruder, Tim. Wolfgang versperrte ihr den Weg:

„Wir brauchen etwas anderes, Schätzchen! Auf jeden Fall ich..."

„Setz dich Wolfgang und benimm dich, du bist noch nicht an der Reihe! Hab etwas Geduld wie ein richtiger Mann! Ich weiß, wann du dran bist."

Ihr Ton gefiel dem Wolfgang gar nicht, trotzdem nahm er widerwillig Platz. Stephan begann zu stottern. Ihm war die Situation unangenehm. Er setzte seine Brille auf und fragte verdrossen:
„Bis du eine Hure?"

„Ja."

„Dann bist du bei mir fehl am Platz."

„Ich weiß, ich möchte die erste Stunde mit dir verbringen."

„Komm nicht in meine Nähe. Ich habe genug Unglück. Du verschaffst mir Unannehmlichkeiten…"

„Keine Angst, dir passiert nichts." Und schon ließ sie sich auf seiner Bettkante nieder. Sie fing an, mit ihm wie seine Schwester zu reden und zu murmeln. Sie streichelte ihm das Haar und langsam seine Hände. Er bekam eine enthemmte Stimmung, freundete sich allmählich mit der neuen Situation an und ließ es geschehen, wie ein wild gewordener Hund, der langsam zahm wird. Die andern schauten weg, versuchten es mindestens, nur Wolfgang Bart glotzte mürrisch und misstrauisch.

Stephans Augen wurden unauffällig feucht. Er versuchte peu à peu mit leiser Stimme ihr die Episoden seines Lebens, seine Geschichte, seine Familie und seine Träume anzuvertrauen.

So verbrachte sie etwa eine Stunde bei Stephan Grosch. Beim Abschiednehmen küsste sie ihn sanft auf die Lippen, ging hinaus, um etwas frische Luft zu schnappen, eine Zigarette zu rauchen und nachzudenken, ob das, was sie gerade angefangen hatte, richtig war.

Über ihre Würde, ihren Stolz und ihre Ehre wollte sie nichts wissen. Wolfgang kam ihr hinterher und versuchte sie schmeichelhaft anzubaggern. Sie sagte wiederum ruhig:
„Wolfgang, möchtest du mich vergewaltigen? Das hast du nicht nötig. Wie gesagt, sei ein Mann. Für mich bist du genauso wie die anderen. Nicht mehr, nicht weniger. Ich komme zu dir, wenn die Zeit kommt...“

„Ich bin nicht wie die anderen“, knurrte Wolfgang.

„Das denkst du. Für mich hast du deine Zeit. Ich werde dich nicht enttäuschen. Dann kannst du alles machen, was du willst.“

„Spanne mich nicht auf die Folter, Schätzchen. Ich sterbe, bin durstig, weißt du? Um Geld brauchst du nicht zu bangen.“

„Sei ein Mann! Hab Geduld, ok!“

Wolfgang ballte die Fäuste, konnte aber nichts unternehmen, weil sie sich nicht wehrte. Ihre sanfte und zugleich autoritäre Stimme hielt ihn davon ab, sie mit Gewalt zu nehmen. Er gab nach und sagte missmutig.
„Aber nicht abhauen!“

„Ich bin freiwillig gekommen, niemand hat mich dazu gezwungen. Ich möchte euch alle lieben."

Solche eine Herausforderung, solch ein Appell war nicht nach Wolfgangs Geschmack. Seiner Meinung nach war solch ein Benehmen schlimmer als das Verhalten der Nonnen. Brummelnd ging er in die Baracke zurück.

Maria brauchte Zeit. Sie musste sich für so eine gewalttätige Bestie vorbereiten, um die Tat so schmerzlos wie möglich durchzustehen. Ausschließen wollte sie von den Soldaten keinen. Sie fing an zu versuchen, sie alle in ihrem Herzen zu schließen, mehr oder weniger gleich und jeden, wie er war.

So könnte es ihr gelingen, die Herrscherin, die fiktive Königin zu werden und ohne Zwischenfälle sie von ihren Nöten zu befreien, in der Tat dazu beitragen, sie vom Allernötigsten zu erlösen. Dabei machte sie sich sündig, schmutzig, minderwertig, unmoralisch.

Sie hatte aber alles genau, sittlich und vernünftig erwogen und fragte sich: „Was ist der Moralkodex der Gesellschaft? Was ist gut, was ist böse? Was ist menschenwürdig, was unwürdig? Der, der Krieg führt, Menschen in den Tod treibt und selbst im Komfort lebt, der, der im Krieg korrumpiert und sich bereichert, oder der, der nichts hat und seinen Körper für die Bedürftigen opfert?" Sie dachte weiter; „Die Moral der Gesellschaft? Puh. Die ist relativ, heute so, morgen so, hier eines, dort anderes. Die Gesellschaft kann mich verhöhnen, verspotten, dennoch ist es bestimmt wert, sich so etwas vorzunehmen."

Für sie war dieses selbstbestrebende Unternehmen mit der Aufopferung ihres eigenen Körpers und ihrer eigenen Gefühle ein Axiom, eine mit Zufriedenheit überzeugende Akzeptanz der Realität und Wirklichkeit. Sie wollte dadurch ihre eigene Nutzlosigkeit mindern, ihren psychischen Abgrund überwinden, sehr wahrscheinlich ihre süße Rache gegenüber der Gesellschaft und den Werten der Allgemeinheit, der Grausamkeit der Weltordnung, zufrieden stellen. Es waren in der Tat ihr Vorbewusstsein und Unterbewusstsein, die ihre Psyche und ihr Bewusstsein beeinflussten.

Sie trat wieder in die Baracke ein und ging direkt zu Joachim Dixer, dem glücklichen Ehemann und Vater eines Mädchens.

„Das kommt nicht infrage!", rief Dixer. „Siehst du meinen Ring! Ich bin verheiratet und bin treu." Dabei dachte er bei sich, ob seine Frau nach all den Jahren Zwangstrennung das Gleiche tat.

„Joachim, warum denkt ihr Dreckskerle nur an das Eine", sagte sie lächelnd und setzte sich neben ihn, dabei legte sie ihre Hand auf seine Schulter. Joachim leistete kein Wiedererstand und stotterte nach kurzem Hin und her trotteln:
„Maria, du bist wunderschön, aber verführen kannst du mich nicht. Ich bin katholisch und liebe meine Frau."

„Das ist doch wunderbar. Prima! Wo ist das Problem, hast du auch Kinder?"

„Eine Tochter, Liliana. Erst fünf."

„Zeigst du mir ihre Bilder? Du hast doch bestimmt welche dabei."

Joachim Dixer wurde tatsächlich weich. Sowas hatte er von einer Hure nicht erwartet. Sogar die Nonne hatte ihn niemals nach den Bildern seiner Familie gefragt. Er verlor seine Hemmung genauso schnell, wie er aufgebraust war. Er war im Gespräch so vertieft, dass er erschrocken zu spät bemerkte, dass seine Hand Marias Bein drückte und sanft massierte. Er nahm unverzüglich entschuldigend seine Hand weg. Alles in allem war die kurz herrschende Atmosphäre für ihn ungewöhnlich, etwas fremd, aber behaglich. Tief im Herzen schämte er sich für sein kindisches Benehmen.

Beim Anbruch der Dunkelheit ging Maria zu Wolfgang Bart, bei dem die Flammen seiner perversen Lust noch immer loderten. Er war tatsächlich brutal, ein Masochist. Maria wehrte sich nicht, inszenierte es so, als würde sie es genießen, als wäre sie diejenige, die die Initiative in der Hand hatte – die Herrin der Lage, die Dominante. Das ärgerte Wolfgang und machte ihn unterwürfig, dabei verlor er seine Brutalität. Er wurde genauso schnell fertig, wie er angefangen hatte.

Maria stand auf, machte sich zurecht und rief belanglos:
„Ok, jetzt muss ich nach Hause."

„Ich bringe dich, Maria" bot Wolfgang ihr verlegen an.

„Nicht nötig. Du brauchst die Erlaubnis des Leutnants."

„Ach quatsch, die Wache kennt mich, wir sind nämlich

Kumpel", fauchte er hochmütig an, „es wird nichts passieren."

Unterwegs brachte Wolfgang Bart kein Wort heraus. Es sah so aus, als ob Wolfgang auf eine solche Begegnung, ein derartiges Phänomen, einen solchen Durchbruch gewartet hatte, um erlöst zu werden, um seine Identität wiederzuentdecken, zu erkennen, dass er trotz seiner robusten Erscheinung ein normaler Mensch war.

Er war nachdenklich. Das kam auch Maria zugute. Sie hatte spontan entschieden, dass sie bei Wolfgang ihre bestimmende Haltung, ihren Oberhandstatus behalten sollte, ansonsten könnte alles schiefgehen, sie könnte gedemütigt werden und als Konsequenz auf alles verzichten.

Sie wusste von ihrer Ausbildungserfahrung her, dass man Charakteren wie Wolfgang Bart nicht mit Zuckerstäbchen vortäuschen konnte, um seine Zügel in der Hand zu nehmen. Also besser nicht reden, weder vernünftig und logisch noch streitig oder leidenschaftlich. Zu Hause angekommen mied Wolfgang es, ihr in die Augen zu schauen, nahm ihre Hand eine Weile, küsste sie sanft und sagte: „Schlaf gut, Maria."

„Danke, gute Nacht", erwiderte sie und war verblüfft, keine spöttischen Worte, kein „Schätzchen" gehört zu haben. Er benahm sich anständig.

Wolfgang eilte rasch davon. Er verfluchte sich, warum er urplötzlich so zahm geworden war. Er sagte zu sich; „Sie ist doch nur eine Hure, eine Nutte." Dann widersprach er sich selbst; „Eine gewöhnliche

Prostituierte ist sie nicht, kein Wort über Gegenleistung. Ach, scheiß drauf! Warten wir ab, was dabei herauskommt." In der Baracke angekommen, rief der Korpulente Dirk Born, der Metzger:
„Na, hat es sich gelohnt? Du bist ziemlich schnell zurück."

„Schnauze!", fuhr Wolfgang ihn an, ging ins Bett und schlief ruhig ein.

Am nächsten Tag erschien Maria wieder, etwas selbstbewusster. Die Soldaten waren gerade vom täglichen Training zurück. Der Geruch des Schweißes und Zigarettenrauchs füllte den dumpfen Raum mit einer besonderen Note. Nach der üblichen Begrüßung ging sie ohne Vorankündigung zu dem Studenten, Michael Lammert, nahm ihm ohne Erlaubnis das Buch ‚In der Wildnis' von Jack London aus der Hand.

„Hey, ich lese noch...pass auf...die Seite..."

„Ach, die wirst du schon wiederfinden, sonst bist du ein schlechter Buchleser...", lächelte sie.

Ungeachtet der neugierigen Blicken der anderen streichelte sie Michaels blondes Haar und kuschelte mit ihm leidenschaftlich wie eine wahre Liebhaberin. Es dauerte nicht lange, bis Michael steifbereit war. Sie haben sich wortlos geliebt. Nach etwa einer Stunde lösten sie sich ohne lange Gespräche. Michael Lammert war hoch zufrieden und dankbar.

Maria stieg aus dem Bett, lächelte ihm zu, ging nach draußen, um etwas frische Luft zu schnappen und eine

Zigarette zu rauchen. Michael folgte ihr nach:
„Kann ich dich was fragen?", schmeichelte er.

„Fragen kostet nichts."

„Nimm es aber bitte nicht übel!"

Sie reagierte nicht. Michael fuhr fort:
„Bist du eine Nymphomanin?"

„Was meinst du damit?"

„Ich meine sexsüchtig."

„Was zum Henker interessiert dich das?"

„Ich habe zuerst die Frage gestellt."

„Ob du berechtigt bist, solche Fragen zu stellen?"

„Na ja, du machst es nicht fürs Geld. Keiner zwingt dich dazu. Du behandelst alle gleich. Was steckt dahinter?"

„Wenn du weiter neugierig bist und weiter nachhakst, dann hake ich dich ab."

„Nein, nein bitte nicht! Das war nur eine dumme Idee..."

„So dumm ist es auch nicht. Ich sage es dir in einem einzigen Satz. Ich habe einen Komplex gegen euer Leiden."

„Verstehe, verstehe, sehr hübsch, aber

außergewöhnlich. Schauen wir mal, wie es weiter geht... Ich glaube, du dürftest eine Mission gehabt haben. So was habe ich noch nie gesehen oder gehört."

„Jetzt siehst du es aber. Hör zu, Michael! Es gibt keine besondere Mission oder sonst was. Ich habe es einfach aus purem Mitleid, oder bessergesagt Mitgefühl entschieden. Ich weiß, wie abstoßend das klingt, ist es auch, ... abstoßend. Ich weiß auch, dass keiner von euch je bereit wäre, mich zu heiraten, aber ihr seid so elend und ausgestoßen, dass es den Anschein hat, als würde sich keine Menschenseele um euch kümmern."

„Warum ausgerechnet so was. Konntest du dich nicht als Krankenpflegerin engagieren? Oder als Nonne zum Beispiel oder so..."

„Ich wurde mit dieser Frage schon mal konfrontiert. Als Nonne kann ich nicht und möchte ich auch nicht tätig sein. Ich habe genug von der Kirche und dem ganzen Schnickschnack. Als Krankenschwester hätte ich Probleme. Erstens gab es keine Garantie, dass ich diesem Bataillon zugeteilt werde. Zweitens, wenn es ums Lästern geht, redet niemand gut über die Krankenschwestern, über ihre Affären usw., wie gut sie auch sein mögen. Außerdem gebe ich keine gute Pflegerin ab. Und als Psychologin... und solche Fächer... ach, vergiss es einfach! Blieb mir nur diese einzige Möglichkeit, die von mir viel Mut und Courage fordert."

Sie seufzte aus der Seele:
„Glaube mir, mir ist diese Entscheidung nicht leichtgefallen. Sie kostete mich mehrere weiße Haare und viele schlaflose Nächte. So ist es, mein Freund....

Ich liebte Tim, ich liebe ihn noch immer. Er starb, ohne die geringste Freude am Leben gehabt zu haben. Was ich tue, ist das mindeste, was ich für euch machen kann. Hätte ich gekonnt, hätte ich die anderen Frauen auch dafür engagiert."

„Also, du gehst davon aus, dass wir sterben werden?"

„Wenn du einfach deine Schnauze halten könntest", sagte sie mit etwas vibrierender Stimme, dabei schaute sie zu Boden, um ihre feuchten Augen zu verbergen, ihre Emotionen zu verschleiern.

Michael schwieg. Er bereute, so etwas gesagt zu haben. In seinem Herzen spürte er eine gewisse ehrwürdige Zuneigung zu Maria. Für den Moment vergaß er, dass sie als eine Hure aufgekreuzt war. „Oder sind die Huren gar nicht unwürdig?", dachte er, schwieg aber und offenbarte seine Gefühle nicht.

Maria brauchte Zeit, um den Verlauf des Gespräches und ihre eigenen Erinnerungen zu verkraften und sie zu verdauen. Wie aus dem Nichts erschien Maria Burgdorf, die Nonne. Sie warf ihr einen verächtlichen Blick zu und ging in die Baracke hinein. Eine Begegnung mit Maria Bremer war ihr zuwider. Sie denunzierte sie zusätzlich demütigend überall in der Ortschaft.

„Sei gegrüßt, Schwester Maria!", rief Dirk Born, der Metzger.

„Schwerster Burgdorf!", forderte sie prahlerisch.

„Ach ja, wir haben Sie doch immer so genannt."

"Ab sofort nicht mehr. Ich heiße Burgdorf, Schwester Burgdorf, und dabei soll es auch bleiben."

"Sie haben aber meine Begrüßung ignoriert."

"Sie haben meinen Namen nicht vollständig ausgesprochen."

"Ach, verstehe. Jetzt habe ich verstanden. Die neue Maria ist aber keine Schwester. Sie ist ein Herzbube…"

"Ich möchte nicht viel darüber diskutieren, Herr Born. Mit solchen unmoralischen Unternehmungen will ich nichts zu tun haben. Ich denke an ihr Wohlsein, wir haben andere Probleme hier, andere Sorgen. Sie ist eine Schande für ihren Namen. Sie ist ein Sündenfall."

"Wer weiß, mit wem Gott zufrieden ist", entgegnete ihr Dirk Born knapp.

Dieser Wortwechsel war laut genug, um Maria Bremers Ohren zu erreichen. Michael, der noch immer neben ihr stand, bekam auch alles mit. Maria ließ sich Zeit und ging nicht in die Baracke hinein, solange die Schwester Maria Burgdorf ihre Arbeit nicht beendet hatte. Sie wollte jede Konfrontation meiden und hatte es akzeptiert, dass die Leute über sie schlecht reden werden.

Als die Nonne aufbrach, ging sie zu Levis Lepidmann, ein Jude, der außer der Beschneidung kein Jude war. Er kannte weder Thora noch Talmud, ignorierte den Sabbat und dessen Tradition, aß alles, was auf den Tisch kam.

Er beschwerte sich, warum Maria so spät zu ihm gekommen war, und erwies sich als ein Meister der Romantik. Er war etwas aufgeregt, aber sehr geschickt und harmonisch, mal sagte er ein zartes Wort, ohne auf die Anwesenden zu achten, mal schwieg er. Es sah so aus, als ob er jede Sekunde des Beisammenseins genoss und nichts verpassen wollte.

Maria richtete sich nach ihm. Von ihm erwartete sie keine Gefahr von Gewalt oder Erniedrigung. Bei Levis war alles für sie neu. Sein beschnittenes kleines Geschlechtsteil kam ihr etwas kitzlig und komisch vor. Der agile, clevere Levi merkte Marias raffinierte Vortäuschung, nichtsdestotrotz behandelte er sie sehr akkurat und mit einer gewissen Erhabenheit.

Sie kämmte ihre Haare, machte sich zurecht und ging nach Hause, um etwas zu essen und zu duschen. Seit ihrem Vorhaben entschloss sie sich, öfter am Tag zu duschen und sich trotz der Benutzung von Kondomen gründlich zu desinfizieren, ihren Körper zu pflegen, um eine eventuelle Epidemie zu vermeiden.

Nun wirkte sie müde, angespannt und erschöpft. Damit hatte sie nicht gerechnet, dennoch wollte sie ihren autarken Selbstantrieb nicht aufgeben. Sie hatte auch daran Spaß, bisweilen das Glück in den Augen der elenden Menschen zu sehen. Das kostete sie viel Kraft und verlangte ihr einiges ab, weil sie mit dieser Tat, welche sie aus Überzeugung trieb, sich selbst anprangerte, selbstzerstörte. Sie würde bestimmt für immer aus der Gesellschaft ausgestoßen. Eine Gesellschaft, die sie nicht verstehen konnte, die sie nicht verstehen wollte.

Am späten Nachmittag verschaffte sie sich Zugang zu dem muslimischen Soldaten, Semih Kemal. Semih nahm es wie eine Selbstverständlichkeit und sein gutes Recht. Er behandelte Maria weder als eine Prostituierte noch als seine Liebhaberin, sondern als eine Zufallsbekanntschaft. Zum Schluss bestand er darauf, dass sie das Geld als Gegenleistung annehmen solle, sonst wäre diese Tat ‚Haram' - verboten. Maria kassierte widerwillig das Geld, entgegen ihrem eigenen Moralkodex.

Philipp Neumann, der Dichter und Schriftsteller, veranstaltete eine echte Szene. Er verfasste ein Gedicht für Maria und trug es vor. Er bezeichnete sie als Nymphe, was Maria sehr schmeichelhaft vorkam. Philipp, mit seiner etwas zerstreuten Psyche, war ein wahrer Genießer und kannte die Kunst des Liebesspiels ganz gut. Er genoss die Berührung ihrer zarten, weichen, jungen Haut, nahm jede einzelne Kurve ihres Körpers wahr und lobte sie ehrerbietig.

Beim Anbruch der Dunkelheit kam wieder Wolfgang an die Reihe, seine Zeit ging wie ein Ritual ohne Romantik und Besonderheiten schnell vorüber.

Am nächsten Tag unterhielt sie sich leidenschaftlich mit Stephan Grosch. Stephan fragte neugierig und verlegen: „Du gehst jeden Abend zu Wolfgang. Liebst du ihn oder magst du ihn mehr als die andern?"

Sie zögerte kurz, dann antwortete sie überlegend: „Jain."

„Was heißt das?"

„Das heißt, dass ich keinen von euch liebe. Ich liebe jeden einzelnen von euch."

„Sehr diplomatisch ausgedruckt."

„Ich denke, dass das der Wahrheit entsprechen muss."

„Ich habe beobachtet, du stöhnst immer bei Wolfgang..."

„Bist du neidisch auf ihn?"

„Keine Ahnung, schon möglich..."

„Ich inszeniere nur, wie eine Schauspielerin, du Dickschädel. Wenn ich das nicht tue, dann geht er und vergewaltigt die wehrlosen Frauen und was weiß ich wen noch. So ist er jetzt ruhig."

„Stell dich aber doch nicht als Schutzschild der Nation..."

„Wie du denkst."

„Das ist aber wahr, er ist deutlich ruhiger geworden... Du belügst ihn also."

„Ein Schauspieler lügt nicht, er täuscht nur."

„Du bist gebildet und intelligent bist du auch."

„Soll ich das als ein Kompliment verstehen?"

„Sicher, als deine Wahrheit. Ich meine es nicht ironisch..."

„Weißt du Stephan, ich habe irgendwo gelesen, was in unserem Leben fehlt, ist die Echtheit. Die Soldaten hier brauchen etwas mehr als nur Futter und Pflege und das Predigen von Vaterlandsliebe und Moral. Tim sagte mir, hier freuen sie sich manchmal, nur eine weibliche Stimme aus dem Radio zu hören. Ob solche Unternehmungen allgemein in die Moralvorstellungen der Gesellschaft passen oder nicht, einer muss doch den Anfang machen, einer muss als Tabubrecher auftreten, und wer anfängt, muss auch bereit sein, sich selbst aufzuopfern, indem er sich dem Rufmord aussetzt, indem er auf seine Träume, sein Leben und alles, was dazu gehört, verzichtet."

„Ich würde sagen, dass in unserem Leben der Mut zur Opferbereitschaft auch fehlt."

Sie zögerte kurz, um sich damit nicht zu überbewerten, doch sagte: „Im Laufe der Geschichte haben sich viele Menschen für ihre Ideale, die in der Zeit als unmoralisch, verräterisch beurteilt wurden, aufgeopfert. Viele Philosophen, Schriftsteller, Dichter, Künstler, Politiker, Wissenschaftler und andere Funktionäre der Gesellschaft, die Dissidenten waren, die gegen den Strom schwammen, deren Gedanken, Worte und Taten anders waren als der Rest der Gesellschaft, wurden verspottet, sogar gefoltert und zum Tode verurteilt. Ich möchte mich selbstverständlich mit ihnen nicht vergleichen, doch ich tue, was ich kann, und der Rest ist mir gleich..." Ohne auf Stephans Reaktion zu warten, fuhr sie fort: „Ich existiere in den Gedanken der anderen als eine billige Hure, aber in der Realität fühle ich mich als eine Helferin."

„Ich bin dabei, dich vollkommen zu verstehen."

„So ist es wenigstens gut. Stephan, ich möchte die Prostitution nicht schönreden oder verherrlichen, dennoch muss ich sagen, dass die meisten der Prostituierten entweder durch ihr unabwendbares Schicksal oder durch fremde böse Kräfte dazu gezwungen wurden oder sie zwingen sich selbst, indem sie sich für die anderen aufopfern, für ihre Kinder, für ihre Familie oder sonst jemanden. Ob man durch Selbstopferung einen Menschen rettet oder die ganze Menschheit, bei der individuellen Betrachtung macht es keinen großen Unterschied."

Sie schaute Stephan direkt in die Augen und fragte: „Warum hast du dich geopfert? Für wen hast du dich geopfert? Du nennst es deine Pflicht, aber..."

„Fürs Vaterland natürlich... ."

„Nicht, das ich lache."

„Warum?"

„Du hast dich für jemanden geopfert, der irgendwo bequem sitzt und charmant lächelt. Den Mann, den du gar nicht kennst, dem du nicht einmal nahe kommen darfst."

„Ich kann dir folgen, du hast wohl recht... . Und übrigens, was Zwang betrifft, verstehe ich dich auch, Maria. Ich glaube, dass kaum jemand sich aus purer

Lust oder aus reiner Dummheit mit so etwas besudelt. Leider haben wir Menschen keine offenen Augen für unseren eigenen Schmutz, aber für die winzigen Flecken anderer nutzen wir ein Vergrößerungsglas."

„Das ist lieb von dir."

„Danke." Nach einer kurzen Weile sagte Stephan, was Maria und sich selbst überraschte: „Weißt du, Maria? Du berührst mein Herz. Du bist anders als alle anderen, etwas Besonderes, etwas, was mein Denkvermögen nicht richtig beschreiben kann. Wenn ich je jemanden lieben sollte, wäre es dann wohl du. Ganz ehrlich, nur du."

„Ach, vergiss es. Wenn der Krieg erst einmal vorbei ist, werdet ihr alle mich vergessen."

„Ich ganz sicher nicht."

Dann waren der Fußballer, Fabian Seider, Dirk Born mit seinem korpulenten schlampigen Körper und die anderen Soldaten, die an ihren Posten Wache hielten, ein paar Tage lang hintereinander an der Reihe, jeder mit eigenen Geschichten und Gewohnheiten.

Es ging einige Wochen so weiter. Maria wurde als ein unentbehrlicher Bestandteil des Bataillons aufgenommen. Sie versuchte keinen einzigen Tag zu verpassen. In dieser Zeit erschien Schwester Maria Burgdorf, die keiner tatsächlich vermisste, sehr selten.

Eines Tages scherzte ein Freund von Wolfgang Bart aus einem anderen Bataillon:

„Wie geht es mit der Dirne?"

„Sie ist keine Dirne!", antwortete er sehr energisch und barsch.

„Hey, hey, nicht in diesem Ton mein Freund!", schnauzte der andere. „Sie ist doch nicht deine Frau."

„Sie ist viel mehr als das, was du denkst, du Schwachkopf!", entgegnete Wolfgang verärgert. „Du bist ein Prostituierter, ich bin ein Prostituierter, aber nicht sie!"

An einem Wochenende war Maria gerade in ein Gespräch mit Joachim Dixer vertieft, als der Adjutant von Leutnant Riesch anstandslos die Räumlichkeit betrat und sie aufforderte, mit ihm zu kommen. Alle ahnten, was der Leutnant von ihr wollte, Maria wusste es auch. Sie antwortete herausfordernd und selbstbewusst:

„Du siehst doch, dass ich hier gerade im Gespräch und beschäftigt bin."

„Er ist der Kommandant dieses Bataillons."

„Ich bin nicht offiziell hier gebunden, ich gehöre nicht zum Personal."

„Er wird aber verbieten, dass Sie hierherkommen."

„Er soll machen, was er will."

Tatsächlich verweigerte am nächsten Tag Thomas Riesch, ihr Eintritt zu gewähren. Die Wache ließ sie gar nicht erst in den Hof.

Diese Nachricht erreichte den Oberst Dieter Hermann, der über den wahren Grund für Marias Vorhaben Bescheid wusste. In einem inoffiziellen, aber militärischen, scharfen Ton riet er dem Leutnant zur Besonnenheit und forderte ihn auf, von der Affäre Abstand zu nehmen und sich von dem Mädchen fernzuhalten. Nur er habe seine Familie vor Ort, die er fast jeden Abend besuchen könne, und Maria sei eine Freundin der Bedürftigen, die Schwester eines gefallenen Soldaten und keine Berufsprostituierte.

Zum Ärger und zur Bestürzung von Schwester Maria Burgdorf kehrte die alte Atmosphäre in das Bataillon zurück, und damit auch Maria Bremer und die Freude über ihre Anwesenheit. Die Soldaten warteten eifrig und sehnsüchtig auf sie. Jeder mochte sie, liebte sie sogar, ehrte sie auf seine eigene Art und Weise. Dabei spielte Sex eine Nebenrolle.

Marias Rückkehr wurde mit Kampfgeist, militärischem Chor und Tanzen feierlich begrüßt. Maria war sprachlos und hatte keine Macht über ihre Tränen. Sie schwebte zu jedem, tanzte ein Stück mit, küsste sie und ließ sie mit ihren rauen Händen ihre Tränen abwischen. Sie war glücklich, glücklicher als Nymphe, als Kleopatra und Katharina die Größe zusammen. Sie war ein Teil des Glücks anderer. Alles emittierte sich aus einem Stützpunkt, aus Maria. Sie war selbst das Glück.

In dem Moment wusste jeder, dass in diesem glücklichen Augenblick Sex keine große Rolle spielte, und sogar Wolfgang Bart teilte diesen glücklichen Hauch, diese Empfindung. Eine unbeschreibliche Szene. Vielleicht kann ein Künstler solch ein Bild hauen, ein mehrdimensionales Bild der Tränen, Freude und des Glücks auf Basis eines sehr schmutzigen, schäbigen, unmoralischen Unternehmens und doch, auf dem Fundament der Inspiration, eine sehr reine, ehrliche und moralische Idee und Motivation.

Anbelangt der allgemeinen sozialen Einwände, Hemmungen und Distanzierungen war Maria am Anfang unsicher, ob sie so aufgenommen werden würde, wie sie es sich vorgestellt hatte. Nun war sie überglücklich. Sie hatte ihr Ziel erreicht. Sie wurde geliebt, und zwar von den Menschen, welche sie liebte. Wenn sie dabei sterben sollte, würde sie glücklich sterben.

Ohne auf die anderen neidig oder eifersüchtig zu sein, nahm jeder Soldat an, dass sie seinetwegen gekommen war. Sie war da, um sich um ihn zu kümmern. Hierbei spielte die Herkunft, das Aussehen, der Reichtum, die Hautfarbe, die Sprache oder die Religion keine Rolle.

Sie war kein Objekt der Befriedigung mehr, sondern eine Freundin, eine Trösterin, eine Erlöserin, eine Seelsorgerin, eine Ritterin. Ihre Einfachheit und demgemäß ihre Entschlossenheit und ihr Benehmen, die aus ihrem reinen Herzen sprudelten, kamen bei den Mitmenschen als authentisch und rational an. Sie wollte Beistand leisten, nicht ausnutzen und nicht ausgenutzt werden. Sie war glücklich wie eine Mutter, die nach langer Zeit ihre verlorenen Kinder wiederfindet.

Der Krieg raubte jedoch alles, fegte Glück, Freude,

Ehre, Stolz, Moral, Trauer, Unehrlichkeit und Unmoral einfach hinweg. Es kam der Tag der Entscheidung, wie viele andere entscheidende Tage. Das Bataillon musste aufs Schlachtfeld.

An dem Tag kam Maria etwas zu spät und war von der Hektik überrascht, ein Gewimmel und Chaos, aber ordentlich. Sie suchte nach ihren geliebten Freuden, fand sie, durfte sie aber nicht ansprechen oder zu ihnen gehen. Militärgeheimnis.

Sie marschierte direkt zum Oberst, der zusammen mit den anderen Offizieren sehr beschäftigt war. Sie erhielt keine Beachtung und die Leibwächter ließen sie nicht zu ihm durch. Maria inszenierte eine Szene, eine kleine Rangelei, durch die der Oberst auf sie aufmerksam wurde. Er winkte den Soldaten herbei und rief sie zu sich:

„Sie gehen heute nach Hause!", befahl er.

„Was ist los?", fragte Maria besorgt.

„Das darf ich Ihnen nicht sagen.... Ok, wir haben eine Operation und sind bald zurück."

Maria stand wie ein Soldat vor dem Oberst und sagte entschlossen ohne Schamgefühl oder Schüchternheit: „Herr Oberst, ich muss zu meinen Männern, zu meiner Familie."

„Ausgeschlossen Maria! ... Sie sind keine Soldatin und gehören nicht zum Personal. Schwester Maria Burgdorf bleibt auch daheim..."

SELBSTMORATTENTÄTER

„Herr Oberst, ich bitte Sie, mich mit ihnen marschieren zu lassen."

„Das kann ich nicht. Das darf ich nicht. Wir haben unsere Vorschriften. Es gibt Gesetze und Verordnungen. Das müssen Sie doch wissen!"

„Dann rekrutieren Sie mich heute noch."

„Das kann ich auch nicht. Das ist verantwortungslos." Er schüttelte seinen Kopf mit einem bitteren Lächeln.

„Doch, das müssen Sie, Herr Oberst! Ich bitte Sie darum, sonst…." Maria schaute ihn beharrlich an.

„Sonst was?"

„Erschießen Sie mich auf der Stelle!"

Oberst Hermann, ein Mann des Wortes, kannte jedoch einigermaßen dieses verrückte Mädchen. Er ahnte: Was sie sagte, meinte sie auch ernst. Er wendete sich von Maria ab, um mit seinen Offizieren darüber zu beraten. Maria stand starr da und spürte, dass der Oberst sie ernst genommen hatte.

Maria festzunehmen und sie provisorisch in der Zelle zu sperren, fand er unmenschlich und absurd, wohl wissend, dass er sie dadurch vor Gefahren bewahrte und sich selbst von der Verantwortung entlastete.

Nach einer kurzen Weile kam er zu ihr zurück und sagte mit ungewöhnlich väterlicher sanfter Stimme, obwohl er von der Wirkung seine Worte kaum

überzeugt war:
„Das kann sehr gefährlich werden, für Sie und auch für ihre Freunde, weil sie Sie beschützen müssen."

„Herr Oberst, ich brauche keinen, der mich beschützen soll."

„Das werden sie aber trotzdem tun."

„Meine Freunde kennen mich. Ich werde sie davon abhalten, das verspreche ich Ihnen."

„Können Sie schießen?", fragte der Oberst nach etwas Nachdenken und nahm alle Verantwortung für den Verstoß gegen alle Vorschriften auf sich.

„Ja", log sie.

„Schreiben Sie einen Antrag, dass Sie freiwillig als Soldatin in unserer Einheit dienen wollen, und geben Sie ihn beim Adjutanten ab. Sie bekommen einen Feldanzug und eine Waffe."

„Zu Befehl, Herr Oberst!" Sowohl sie selbst als auch der Oberst und andere Offiziere waren von ihrer soliden Stimme überrascht. Sie versuchte auch vorschriftsmäßig zu salutieren, es gelang ihr aber nicht, jedoch nahm es niemand übel.

Nachdem sie gegangen war, äußerte sich der Oberst zu seinen Offizieren:
„Sie ist wahnsinnig, aber sie will es so. Sie hat etwas Außergewöhnliches in sich. Es würde mich nicht überraschen, wenn sie als eine Heldin zurückkäme." Er empfand keinerlei Verachtung ihr gegenüber.

Sie bekam einen deutlich unpassenden Militäranzug, zu große Stiefel und ein Gewehr, von dem sie nicht einmal wusste, wie sie es entriegeln oder auf ihrer Schulter tragen sollte. Der Kammeroffizier und der Adjutant halfen ihr dabei. Sie war aber überglücklich und freute sich wie ein Kind, das an Weihnachten sein Lieblingsspielzeug bekommen hatte.

Ausgerüstet marschierte sie den Reihen der Soldaten entlang und fand endlich ihre Einheit. Sie entdeckte den Leutnant, der zusammen mit einem Sergeanten die Soldaten nach ihrer Ausrüstung und ihrem Proviant überprüfte, und ging in seine Richtung. Der Leutnant entdeckte sie ebenfalls und seufzte entsetzlich:
„Oh nein, muss das sein?"

Sie salutierte:
„Herr Leutnant, Soldatin Maria Bremer zum Dienst." Dann sagte sie leise zu ihm: „Lassen Sie bitte solche defätistischen Gedanken:"

Die Soldaten wussten nicht, was sie tun, sagen oder denken sollten, ob sie sich über Marias Anwesenheit freuen oder sich Gedanken und Sorgen machen sollten. Auf jeden Fall waren sie verblüfft und schauten mit offenem Munde und zugekniffen Augen der Szene zu, obwohl sie Maria nun kannten.

Maria stellte sich, ohne auf einen Befehl zu warten- so etwas kannte sie auch nicht, neben Stephan, der am Ende der Schlange allein stand. Dann wurde es ruhig.

Der Leutnant sagte kein Wort, und die andern nahmen es gelassen hin. Nur Wolfgang Bart war sehr aufgeregt und beunruhigt. Er wollte unbedingt bei ihr bleiben, um sie vor den Gefahren zu beschützen. Vor der Allgemeinheit war er jedoch nicht imstande seine Sorgen preiszugeben. Stephan schwitzte an seinem ganzen Körper, teilweise wegen seiner Schwäche, teilweise wegen der unangenehmen Situation.

Nach der Kontrolle gönnten sich die Soldaten und Offiziere eine kurze Pause. Sie machten es sich gemütlich, um eine Zigarette zu rauchen, etwas zu trinken oder eine Kleinigkeit zu essen. Jeder kam zu Maria und bat sie, sich in seiner Nähe aufzuhalten, besonders Wolfgang beharrte sehr eifrig darauf. Sie betonte aber ein für alle Mal:
„Jungs, jagt mir bitte keine Angst ein! Wir bleiben alle zusammen."

Sie hatte nie ein Gefecht erlebt und hatte durch die Erzählungen von Tim nur ein vages Bild davon. Sie konnte sich nicht vorstellen, dass unter den Schüssen und dem Knallen jeder für sich allein war und irgendwo Schutz suchen musste. In der Tat wäre es klug gewesen, wenn sie bei Wolfgang geblieben wäre. Sie konnte nicht wissen, dass Krieg kein Spiel war und man konnte weder mit Temperament, Emotionen oder Hochmut etwas erreichen, zumindest nicht, um unversehrt davonzukommen.

Doch sie war ein Sturkopf und blieb die ganze Zeit bei Stephan. Sie erschien nur für einen kurzen Augenblick bei Michael und Philipp, die sich unterhielten. Joachim war sehr tief in Gedanken versunken, vielleicht kommunizierte er telepathisch mit seiner Frau und seiner Tochter.

Dann kam die Stunde der Wahrheit. Der Marschbefehl wurde erteilt. Die Einheiten mussten unter dem Schutz von Artillerie und schweren Waffen in einer Kettenordnung über die Minenfelder und Hindernisse etwa einen Kilometer in einem Umkreis von etwa zehn Kilometern vorrücken, um die gesamten Dörfer und Ortschaften vom Feind zu säubern.

Maria spürte jetzt die Schwierigkeiten des Krieges hautnah. Sie lernte nicht nur die Angst, getroffen zu werden, kennen, sondern fand auch, dass das Rennen und das Sich-Werfen alle paar Meter mitsamt der Ausrüstung auf den Boden voller Steine und Dornen oder Schlamm und Matsch, das Einatmen von dreckigem Staub und dabei die Nerven nicht zu verlieren, extrem anstrengend war.

Der Murmeltiermarsch unter drohendem Dröhnen der Artillerie und Sausen der fallenden Geschosse, wo es für einen Soldaten ohne jede Ausbildung kaum feststellbar war, aus welcher Richtung sie kamen, machte sie wahnsinnig. Eine Strapaze, von der man sich kein schönes Bild, wie im Kino oder wie ein Wandbild, malen kann. Sie blieb absichtlich oder zufällig bei Stephan, der nicht nur eine körperliche Behinderung hatte, sondern durch seine psychische Last schwächer wirkte, als sein Alter vermuten ließ.

Sie waren irgendwie zwei- bis dreihundert Meter vorangekommen. Das Bataillon hielt sich ungefähr in einer Linie, so dass die Soldaten sich manchmal durch die Büsche und Feldfurchen anblicken konnten. Manche feuerten auch einen Schuss ab, Stephan auch, Maria wollte nicht oder schaffte es nicht, weil sie die Sicherung nicht entriegeln konnte, obwohl Stephan ihr es beigebracht hatte. Ob es an fehlender Kraft, Nervosität, instinktivem abweichendem Willen oder innerem, unbewusstem Widerstand gegen das Töten lag, das vermochte in diesem Moment nur sie selbst zu wissen.

Der Feind war urplötzlich aufgewacht und reagierte simultan, wie aus dem Boden gestampft, sehr heftig mit Gegenattacken. Schüsse und Granaten kamen aus allen Himmelsrichtungen. Die Soldaten mussten Schutz für sich suchen. Sie warfen sich auf den Boden, hinter die Büsche als Schutzschild, hinter kleine Steine oder in Löcher im Boden.

Der Kampf dauerte etwas länger als geplant, aber nicht für alle.

Stephan, der mit seiner Reaktion deutlich langsamer und träge geworden war, schwitzte und atmete schwer, warf sich hinter einen kleinen Erdklumpen, der nicht dicht genug war, ihm den nötigen Schutz zu gewähren. Maria nahm ihn als Vorbild und schlich daneben. Stephan konnte nicht sehen, er nahm seine Brille ab, um sie zu säubern. Dabei hob er sein Kopf etwas hoch und scherzte: „Die Bastarde schießen tatsächlich..."

Er konnte den Satz nicht richtig zu Ende aussprechen, als ein Scharfschützengeschoss einschlug und die rechte Seite seines Kopfes sowie seine Schulter zerfetzte. Ein Gemisch aus Gehirn und Blut blubberte aus der Wunde, und sein rechtes Auge war nicht mehr zu sehen. Ein paar schnarchende Laute entwichen ihm, mehr nicht. Sein Oberkörper zuckte, seine Beine traten ziellos gegen den Boden und wirbelten Staub und Dreck auf. Das Ganze geschah im Bruchteil einer

Sekunde.

Maria schrie so laut, wie sie konnte, und bat um Hilfe. Sie sprang aus dem Graben und verließ ihre Deckung, um sich neben Stephan zu legen. Es kümmerte sie nicht, dass auch sie nicht vor der Unbarmherzigkeit des Krieges geschützt war. Als sie Stephan in ihre Arme nahm, hörte sein Körper auf zu zucken, und sie schrie hysterisch weiter:
„Hilfe, Stephan blutet. Hilfe, oh Gott, oh Gott..."

Dann wurde sie still. Die ahnungslose Kugel, die gefühllose Kugel, bohrte sich durch ihren Körper, genau dort, wo eben noch die Liebe der Mitmenschen daheim war. Sie wurde rückwärts über ihren Ausrüstungsrucksack auf den Boden geschleudert. Ihr rechtes Bein war im Kniebereich abgeknickt, und das linke Bein war zwecklos weggeknickt. Sie war sofort tot.

Der Scharfschütze wurde selbst erschossen, das Bataillon marschierte weiter, der Feind wurde mit etwas Verzögerung besiegt, und das Ziel wurde erreicht. Marias Freunde hatten geschworen, sie keinesfalls als Geisel zurückzulassen, und kämpften mit erhöhter Moral. Ihr Kampfgeist hatte ihre Freunde inspiriert.

Der erste, der zu Maria kam, war Wolfgang Bart. Er ahnte bereits, was geschehen war, dennoch war er schockiert. Voll Trauer blieb er wie erstarrt stehen. Sein Blick fixierte ins Leere, und er sagte kein Wort. Er hatte nicht die Kraft, Marias weit geöffnete Augen zu schließen. Bitterlich schluchzte er, ohne sich zu schämen, denn sein Herz weinte.

Bei der Durchsuchung von Marias Wohnung wurden, abgesehen von alten, bescheidenen Möbeln, in ihrem Schlafzimmer ein Fotoalbum, ein Kreuz, ein Kalender mit einer Liste der Namen der Soldaten und ein Brief gefunden.

In dem Brief stand geschrieben, dass im Falle ihres Ablebens ihr Besitz und ihre Habe zugunsten der Waisenkinder gestiftet werden sollten, die der Krieg hervorgebracht hatte. In ihrer Wohnung fand man nichts, was ihre verrückte Seele, ihre Persönlichkeit oder ihre wilde Jugend hätte zeigen können.

Dank zahlreicher bürokratischer Vorwände und Formalitäten gelang es dem Oberst nicht, Maria ein Bundesverdienstkreuz zu verschaffen. Nichtsdestotrotz wurde sie mit militärischen Ehren beigesetzt. Auf ihrem Grabstein ist gemeißelt: „Maria, die Heldin von Bataillon 13".

Jedes Jahr am 08. März, an ihrem Todestag, kommen frühmorgens, gleichzeitig, zwei gebrochene Seelen, um sie zu ehren:

„Schwester Burgdorf..."
„Schwester Maria, Wolfgang."
„Ja, natürlich, Schwester Maria, sie war zu jung und unbedarft. Ich konnte sie nicht beschützen."
„Das war ihr gewollter Weg. Sie war zu gütig für diese Welt..."

****

SELBSTMORDATTENTÄTER

SELBSTMORATTENTÄTER

SELBSTMORDATTENTÄTER
(MORA UND QUARA)

Inmitten des wilden, ohrenbetäubenden Lärms hörte Mora nur einen Namen: „Quara Bay!"

Sie suchte in dem Staub, den die Pferde auf dem Spielfeld aufwirbelten, auf dem die kräftigen Reiter in vollem Galopp Buzkaschi spielten, und den selbst die Strahlen der mächtigen Sonne nicht durchdringen konnten, nur eine einzige Gestalt: „Quara Bay!"

Alle Zuschauer riefen seinen Namen und alle Augen waren auf ihn gerichtet: „Quara Bay!"

Quara Bay war als der beste Spieler seiner Mannschaft, den „Fliegenden Pferden", bekannt und genoss nicht nur in Balkh, seiner Heimat, sondern auch in den gesamten Nordprovinzen Afghanistans große Berühmtheit und Beliebtheit. Wo er auch auftauchte, war er nicht mehr zu stoppen, nicht mehr zu schlagen. Bei jedem Spiel brachte er zwei- bis dreimal das tote Kalb in den Kreis. Weder in seiner eigenen Mannschaft noch in den gegnerischen konnte ihm jemand das Wasser reichen.

Mora, erst siebzehn, verpasste nie ein Buzkaschi-Spiel.

Gemeinsam mit ihrem Vater Abdul, ihrer Mutter und ihrem kleinen Bruder Noah ging sie besonders zu den Spielen, an denen Quara Bay teilnahm.

Während des Spiels vergaß sie manchmal, wo sie war, und verfiel in eine Art Trance. Dabei stellte sie sich vor, eine weiße Stute zu sein, von Quara durch ein Wunderland zwischen den Wolken und dem Dschungel hindurchgeführt. Ein anderes Mal war Quara ein Pferd, auf dem sie durch das Traumland ritt. Wenn etwas sie in die Realität zurückholte, dann lächelte sie beschämt über ihre kindisch sinnlosen Tagträume.

Mit ihrer hellen Haut, ihrem kleinen rundlichen Gesicht, den schmal geformten Augen, dem schlanken Körperbau und den feinen Händen war sie zart, niedlich und schön. Sie hatte keinen Schulabschluss, doch lesen, schreiben und malen konnte sie. Ihre weiche Stimme war kaum zu hören und ihre Schritte waren sehr kurz.

Das hatte seinen Grund. Als sie noch ein Kind gewesen, musste sie, wie es der Brauch für alle Mädchen in ihrem Alter forderte, eine Art Kette aus feiner Seide um ihre Füße tragen. Diese Kette verband beide Füße eng miteinander und hinderte Mora daran, zu rennen, zu springen und zu toben. Auch das Stolpern wurde vermieden. Und alles, damit die Jungfräulichkeit der Mädchen unversehrt bliebe.

Mora hatte keine Vorstellung von der Liebe, darüber zu reden war tabu. Sie schämte sich sogar, wenn sie manchmal daran dachte. Doch bei jeder Erwähnung von Quaras Namen kribbelte es in ihrem Bauch, ein süßer Schmerz, der sie nicht loslassen wollte und den sie in sich bewahren wollte. Jedes Mal, wenn es an der

Tür klopfte oder ein Pferd vor ihrem Haus vorbeigaloppierte, war sie mit allen Sinnen da, und wenn sich ihr heimlicher Wunsch nicht erfüllte, kippte ihre Stimmung abrupt.

Jeden Schlag, den Quara im Spielfeld von den kleinen Peitschen der Gegner auf die Hände, ins Gesicht, auf den Rücken oder den Nacken bekam, spürte sie in aller Härte am eigenen Leib und sie hasste den Gegner dafür. Auch bildete sie sich ein, Quaras stählernen Körper unter seiner dicken Reiterkleidung sehen zu können, ja, sie spürte sogar seinen Körper.

Die Bekanntschaft der beiden reichte bis in Moras Kindheit zurück. Quara war ein ferner Verwandter ihres Vaters und wohnte mit seinen Eltern und Geschwistern im selben Dorf.

Weil Moras Bruder Noah noch nicht auf der Welt war, half Quara, der die Familie oft besuchte, Abdul beim Einlagern der Lebensmittel, beim Stapeln von Holz für den Winter oder anderen Kleinigkeiten im Haushalt.

Gelegentlich spielten sie auch miteinander. Das änderte sich erst, als sie zwölf Jahre alt wurde. Ab diesem Zeitpunkt durfte sie nicht mehr öffentlich mit Quara spielen oder gar mit ihm reden. Sie tauschten zwar ab und zu geheimnisvolle Blicke miteinander aus oder lächelten sich gegenseitig zu, jedoch wussten beide nicht, welche Bedeutung dies haben könnte.

Mora wuchs mit all ihren Träumen und ihrer Unwissenheit auf. Allmählich überwältigte sie das Gefühl, von Quara angezogen zu sein, immer mehr. Es erstaunte sie, dass sie Quaras Namen täglich öfter nannte, als den sonst jemandes, noch mehr gar als Gottes Namen. Wie konnte das sein, sie dachte mehr an Quara als an Gott? Sie ermahnte sich deswegen, doch sie bereute es nicht.

Bei Quara verhielt es sich etwas anders. Er wusste auch nicht genau, was die Liebe ist, doch er wollte Mora für sich gewinnen. Er wollte sie heiraten. Er hatte vor, seine Mutter zu Moras Familie zu schicken, um ihre Hand zu bitten. Vorher beabsichtigte er, genug Geld anzusparen, seine eigene Hütte zu bauen und seine Braut dann in sein eigenes Haus zu führen. Er war voller Zuversicht und absolut sicher, dass niemand anders dafür infrage käme.

Quara war trotz seiner robusten Erscheinung und seiner Kraft sehr weich und warmherzig, umgänglich und einfach. Er durfte Mora nicht treffen oder mit ihr reden und hielt sich daran. Doch einmal, als sie im Stall mit ihrem Vater an ihm vorbeiging, streichelte ihr feiner seidener Schleier sanft seine raue Hand. Was für ein Gefühl! Er wollte tagelang diese Stelle seiner Hand nicht waschen. Er küsste ständig diesen Zufallsort und spürte Mora. Er schämte sich dafür, doch er tat es weiter.

Durch die Gefühle für Mora war er ein Romantiker geworden. Es gab keinen Menschen, den er hasste, von Neid wusste er nichts, und wenn er seine Gegner schlug, wurde er weder egoistisch, noch triumphierte er. Im Gegenteil. Er ging, was ungewöhnlich war, hin zu ihnen und reichte ihnen die Hand. Mit dieser Geste überschritt seine Beliebtheit alle Grenzen.

Das passte nicht jedem. Vor Quara hatte die Mannschaft einen anderen unumstrittenen Helden, Jaber. Er war jedoch das ganze Gegenteil.

Jaber war, wie sein Name es sagt, brutal und erbarmungslos. Und keiner weiß, wie es geschehen konnte: Obwohl er Alkohol trank, Perversität ihn zeichnete, er für Religion nichts übrighatte, den Koran nicht lesen konnte und nicht wusste, wie das Gebet gesprochen wird, bekam er engen Kontakt zu den Islamisten.

Infolgedessen kämpfte er jahrelang erfolgreich gegen die Russen und die damalige säkulare Regierung. Seine barbarische Brutalität kannte keine Grenzen. Wenn er mit seinen Artgenossen ein Dorf, sei es nur für eine kurze Zeit, eroberte, schlachtete er die Männer und Jugendlichen ab, die Widerstand leisteten. Man plünderte deren Häuser, vergewaltigte die Frauen und Mädchen.

Jaber verkörperte das Grauen. Der Ruf seiner Brutalität reichte bis nach Pakistan und Saudi-Arabien, woraufhin die Dortigen ihn zum Führer der Region krönten und ihm monatlich eine große Geldsumme zukommen ließen. So wurde er stinkreich, baute viele Häuser und heiratete mehrere Frauen.

Jaber fungierte gleichzeitig als Chef der Buzkaschi Mannschaft „Fliegende Pferde" und war wie ein Ziehvater für Quara und sein Promoter. Er finanzierte ihm das beste Pferd der Region, verschaffte ihm die Gelegenheit zu trainieren, teilte sein gesamtes Wissen über Buzkaschi mit ihm und leistete ihm alle mögliche Hilfe, ohne eine Gegenleistung zu verlangen.

Nun im Laufe der Zeit, als Quaras Berühmtheit und Beliebtheit schließlich diejenige von ihm übertrafen, hegte dieser den Gedanken, dass Quara ihn missachtete, seine Freundschaft vernachlässigte und versuchte, sich von seinem Einfluss zu befreien. Dadurch schwand Jabers Zuneigung zu ihm, und allmählich wandelte sich Liebe in Neid und Eifersucht, bis schließlich Hass entstand.

Quara merkte es nicht, er war sich dessen nicht bewusst. Er war beschäftig mit seinem Sport, trainierte hart, arbeitete mit seinem Vater auf den Feldern und pflegte ständig an Mora zu denken.

Inzwischen hatte sich Quara eine Gewohnheit angewöhnt, die zu einem schwerwiegenden Fehler führen sollte. Nach jedem Match verneigte er sich vor der Tribüne, dort, wo der Chef und die prominenten Gäste saßen. Anschließend, getarnt, als ob er sich vor dem Publikum verneigen würde, neigte er sich genau an der Stelle, wo Mora saß. Viele nahmen das nicht wahr, doch Mora schon. Sie wurde jedes Mal vor Scham und auch vor Stolz rot.

Dieses Mal jedoch war es anders. Er vergaß glatt, sich vor der Tribüne zu verneigen, und neigte sich stattdessen an der Stelle, wo Mora saß. Auch Moras Reaktion war dieses Mal anders. Sie stand auf und klatschte, was für ein Mädchen ungewöhnlich schien. Viele, besonders Jaber, bekamen mit, was da vor sich ging – dass die beiden sich kannten und eine Art Verbindung zwischen ihnen bestand. Quara versuchte seinen Fehler zu korrigieren, doch es war zu spät.

Nachdem die Zeremonie feierlich beendet war, befahl Jaber seinen Leuten, Moras zuhause ausfindig zu machen. Und schickte unverzüglich seine älteste Frau, die er Mutter nannte, zu Moras Mutter und bat um die Hand ihrer Tochter.

Moras Mutter kannte das heimliche Gefühl ihrer Tochter für Quara. Innerlich war sie darüber recht froh, denn sie kannte und mochte den Jungen ebenfalls. Auf der Stelle verneinte sie sehr energisch.

Gleichzeitig, aber umkreisten Jaber und seine bewaffneten Leibwächter Abdul, den Vater des Mädchens, bedrohlich und erzwangen von ihm das Jawort. In der Tat, keiner kam gegen den Willen von Jaber an. Er war nicht nur ein umstrittener Alleinherrscher der Region seitens Islamisten, sondern hatte sogar mit der Hilfe des Auslands großen Einfluss auf die Landespolitik.

Also marschierten sie unverzüglich mit dem verängstigten und blass gewordenen Vater sowie den eilig angefertigten Geschenken zu Moras Haus.

Sie überraschten Mutter und Tochter, die sehr verwirrt waren. Die Verlobung wurde verkündet, und der Hochzeitstermin wurde noch für dieselbe Woche festgelegt. Danach verbarrikadierten sie das Haus, sodass niemand hinein- oder herauskommen konnte.

Als diese Nachricht Quara erreichte, ritt er so schnell er konnte dorthin. Die Bewaffneten versperrten ihm den Weg. Doch zu Jaber zu gehen und ihn um ein Umdenken zu bitten, erschien ihm nicht angebracht, da er selbst weder mit Mora verlobt noch verheiratet war und somit keine offizielle Verbindung zu der Angelegenheit verweisen konnte. Ein anderer Vorwand oder etwas Plausibles fiel ihm nicht ein. Verzweifelt und machtlos verweilte er bis spätabends dort, dann ritt er mit blutendem Herzen nach Hause zurück

Wie auch er nachdachte, er konnte nicht ahnen oder schlussfolgern, dass Jaber dies alles aus Bösartigkeit und Hass ihm gegenüber unternommen hatte. Er befand sich in einem peinlichen Dilemma und konnte aus Scham und Verzweiflung seine Pein keinem mitteilen. Mit Schmerzen im Bauch und feuchten Augen vermochte er nicht einmal festzustellen, wie Moras Reaktion war. Ob sie überhaupt etwas gegen diese Hochzeit hatte, da Jaber ein angesehener, mächtiger und reicher Mann war.

Seine Mutter zur Mora zu schicken, klang zwecklos. Einerseits konnte er nicht erahnen, ob Moras Angehörige von seiner Absicht, sie zu heiraten, wussten. Andererseits gab es keine Garantie, dass die Wache ihr das Betreten von Moras Haus gestatten würde.

Mora war von alldem so schockiert und irritiert, dass sie gleich gar nicht wusste, was zu tun war. Die ältere Frau des Mannes und ein paar andere Frauen blieben bei ihr, um ihr zu helfen, die eilig angefertigten Gewänder zu probieren und um ihr beizubringen, wie sie sich zu verhalten habe.

Doch plötzlich, als ihr die wahre Absicht klar wurde, wurde sie auf einmal wild, fast wahnsinnig, was auch für sie selbst unverständlich schien, da sie bis zu dieser

Zeit ein ruhiges Mädchen war und kaum je einen Satz mit einem Fremden gewechselt hatte.

Sie widersetzte sich, berührte die Kleiderstücke nicht, schlug mit beiden Händen um sich und biss jeden, der versuchte, ihr nahezutreten. Sie biss auch sich selbst blutig, überall, wo sie konnte, mied sie das Essen und Trinken, und manchmal schluchzte sie gemeinsam mit ihrer Mutter, ohne den Grund zu erwähnen oder zu benennen.

Am dritten Tag, dem Tag vor der Hochzeit, traf Mora eine außergewöhnliche Entscheidung. Sie bat die aufpassende Frau um Erlaubnis, zum Hammam gehen zu dürfen, worüber diese sich freute. Bald darauf schickte die Frau Mora mit einer anderen älteren Dame zum Hammam. Unterwegs überwältigte Mora die Frau und entkam. Sie wusste, wo Quara zu Hause war, und lief direkt dorthin.

Quara erging es ähnlich. Auch er hatte sich nach viel qualvoller Überlegung schweren Herzens etwas Außergewöhnliches vorgenommen. Gerade in dem Moment, als Quara auf seinem berühmten Pferd ausreiten wollte, entdeckte sie ihn. Mora rief zum ersten Mal seinen Namen. Quara drehte sich erschrocken um und entdeckte sie ebenfalls. Dann wurde ihm alles klar, ohne ein Wort gehört oder gesagt zu haben.

Ungewöhnlich und entgegen allen Gebräuchen, gegen die Moralvorstellungen der Gesellschaft, umarmten sie sich. Eine sehr lange, natürliche, unvorhersehbare Umarmung. Sie konnten sich einfach nicht voneinander lösen. Sie wurden eins, sowohl körperlich als auch seelisch. In diesem Moment vergaßen sie alles – die Umgebung, die Gefahren, die Welt. Sie hatten sich gefunden. Mora schluchzte laut. Erstaunlicherweise weinte auch Quara.

Moras Lärm vernehmend, eilte Quaras Vater aus dem Haus und fauchte seinen Sohn warnend an, dass sie beide schnellstmöglich von hier verschwinden sollten. Er gab ihm seine Pistole und so viel Geld, wie er zusammenbringen konnte, sein gesamtes Erspartes.

Sie hatten kein Fahrzeug und Mora konnte nicht reiten. Zeit, um einen vernünftigen Plan zu schmieden, hatten sie ebenfalls nicht. Sie würden mit dem Pferd soweit reiten müssen, bis sie auf ein Fahrzeug stießen, das sie dann irgendwohin, weit weg, bringen konnte.

Sie waren kaum fünfzehn Kilometer geritten, als sie in einem Waldgebiet von Jabers Männern und einigen anderen Bewaffneten entdeckt und belagert wurden. Jeder Widerstand war zwecklos. Beide wurden gefesselt und zu Jaber gebracht.

Daraufhin berief Jaber seinen islamistischen Richter ein. Ohne viele Worte zu verlieren, plante man, die beiden wegen Ehebruchs und unislamischer Beziehung zu steinigen. Dies, obwohl keiner der beiden verheiratet war oder eine Beziehung führte.

In Anbetracht der Gebräuche, einer Mischung aus Scharia und Tradition, mussten im Fall eines Ehebruchs die Frau gesteinigt und der Mann ausgepeitscht werden. So wurde auch hier, trotz Widerstand von Jaber, entschieden.

Sie waren innerhalb einer Stunde verurteilt. Jeder Versuch einer Vermittlung war vergebens. Das Geständnis von Quara, dass er das Mädchen entführt habe, wurde als Lüge abgetan. Seine Bitte, ebenfalls mit dem Mädchen zusammen gesteinigt zu werden, wurde als unislamisch zurückgewiesen. Beide wurden in separate Räume gebracht und gefesselt.

Jaber hatte große Eile. Das Urteil musste am nächsten Tag vollgestreckt werden. Das Mädchen war für ihn wertlos, er wollte nur Quara schädigen, ihn außer Gefecht setzen. Zwar verfügte Jaber über Macht und Geld. Im Fall einer direkten Konfrontation würde Quara gegen ihn nicht standhalten können. Er genoss auch die großzügige Unterstützung von Arabern und Pakistanern, doch wie lange noch? Jaber hatte Angst. Angst vor der Beliebtheit und Berühmtheit seines Schützlings. Angst vor einem Sinneswandel der Unterstützer, weil er als ein brutaler Tyrann eines Tages keine optimale Figur mehr für sie sein könnte, auf dem sie ihre Zukunft aufbauen wollten.

„Lies das Bekenntniswort!", befahl der selbsternannte Richter dem Mädchen, das keine Kraft mehr hatte, sich auf den Beinen zu halten und in die Mitte des Meydan zu gehen, der von hunderten Schaulustigen umkreist war. Nun musste sie dorthin geschleppt werden.

Sie murmelte: „Quara!"

Er befahl erneut: „Lies das Bekenntniswort!"

Sie flüsterte erneut: „Quara!"

SELBSTMORDATTENTÄTER

Er fauchte nochmal: „Bete um Vergebung!"

„Quara!", sagte sie nochmal.

Der dickbäuchige Mann wurde jähzornig und wiederholte: „Nenne Gottes Namen!"

„Quara!" Wiederholte sie noch leise.

Der Mann verlor seine Kontrolle und rief den Anwesenden zu:
„Steinigt!"

Bild: SAAJS

Mit dem ersten Stein, den sie an ihre Schläfe bekam, war sie tot. Sie starb stumm und still, Quaras Namen im Munde.

Quara beobachtete das Ganze. Er konnte sich von den Fesseln nicht befreien, protestierte nicht, weinte nicht, zitterte noch nicht einmal. Er war geistesabwesend. Nach der Steinigung kassierte er seine neununddreißig Peitschenhiebe, ohne einen Laut von sich zu geben.

Als die verwerfliche Szene vorüber war, ging er nach

Hause, teilte sein Vermögen in zwei Hälften, gab einen Teil davon seinen Eltern und den anderen Teil Moras Mutter, weil ihr Vater sich weigerte, mit ihm zu reden.

Nach der Beerdigung, die nicht nach Scharia stattfand, ging er in die Moschee und fing an, den Koran zu lesen, doch blieb für immer stumm und konnte noch nicht einmal mit seinen Eltern ein Wort wechseln.

Der Mullah freute sich über die Dauer seines Aufenthalts in der Moschee und seine Koranstudien. Er nutzte seinen prominenten Status als eine Attraktion, um die Jungen zu locken. Doch der kümmerte sich um gar nichts, las in jedem Wort, jedem Vers des Korans Moras Namen, hörte Moras Stimme, sah Moras Gestalt vor sich.

Manchmal äugte er wie ein Wahnsinniger hin und her, sodass die Anwesenden vermuteten, er sei in Trance oder Meditation, doch er sah in allen Objekten nur noch Mora. Mora erfüllte sein Sein und Dasein. Die selbsterstrebte Isolation und die Stille der Moschee taten ihm gut.

Er ging täglich zum nahgelegenen Bach, duschte sich gründlich, fegte ab und zu die Moschee und deren Hof, pflegte nichts anderes zu tun und in den Nächten kroch er in eine dunkle Ecke des Raums mit einem Schal über dem Leib. Der gierige Mullah ließ ihn denn auch nach einigen vergeblichen Versuchen in Ruhe.

Etwa sechs Monate vergingen so. Quara aß kaum, schlief kaum, soziale Kontakte hatte er überhaupt nicht. Jaber hatte jedoch noch immer Angst vor ihm. Er konnte spüren, dass hinter dessen ruhiger, stiller

Fassade eine stürmende Seele verborgen war, die eine Gefahr für ihn darstellte. Daher war er ständig auf der Suche nach einem Weg, Quara unauffällig zu beseitigen.

Der vorsorgliche Islamist hatte alles genau kalkuliert. Er wollte gleich mit einer Klappe zwei Fliegen schlagen. Wollte einerseits seinen Erzfeind eliminieren, andererseits sein Prestige bei den Unterstützern steigern und vor allem die Bevölkerung in Angst versetzen und sie in Schach halten.

Das große Neujahrsfest in Mazar-e-Scharif nahte. Jetzt war es Zeit. Es musste etwas unternommen werden. Mit einer raffinierten Bemerkung von Jaber wurde der arabische Berater, Abu Badr, auf Quara und seine Koranstudien aufmerksam. Er ließ den Mann, der angeblich von der Welt nichts haben wollte und abgeschirmt von der Gesellschaft abstinent lebte, durch seine Vertrauten beschatten, genau beobachten. Er besuchte ihn auch selbst ein paar Mal.

Abu Badr, der etwas Persisch sprach, versuchte sich mit Quara zu unterhalten. Als dieser ihm keine Aufmerksamkeit schenkte, ließ er ihn beleidigt, doch zufrieden in Ruhe.

Tage darauf erschien eine ganze Delegation führender Islamisten bei Quara und versuchte, ihn zum Reden zu zwingen. Er sagte kein Wort. Doch er hörte aufmerksam kopfnickend zu, was die anderen zu sagen hatten, ohne ein Zeichen von Verwirrung oder Geistesabwesenheit zu zeigen.

Der Araber und die Mullahs machten Quara

überzeugend klar, dass sie sowohl im Traum als auch in ihrer Empfindung eine höhere heilige Mission für ihn gesehen haben. Da sie von ihrem Vorhaben grundlegend überzeugt waren, übergaben sie ihm einen Stapel Dollarscheine.

Die Delegation benötigte keine Rechtfertigung für ihre Tat. Einerseits war Quara berühmt, unauffällig, die Sicherheitskräfte kannten ihn gut und vertrauten ihm, andererseits hatte der Mann kein irdisches Leben, keine Hoffnung mehr. Er hatte sowieso mit Mora zusammen gesteinigt werden wollen.

Die Einweisung und Erklärung dauerte mehrere Stunden, währenddessen Quara nur ein stummer Zuhörer war. Am Ende zierte ihn eine strahlende Aura, als ob er von einer gewichtigen Last erlöst wäre, und er nickte zustimmend. Nickte den Anwesenden mit einem genügsamen Lächeln und Seufzen zu.

Alle waren zufrieden, erleichtert und stolz auf sich selbst und auch auf Quara. Sie umarmten ihn väterlich und brüderlich, küssten ihn mehrmals auf sein Gesicht, seine Augen und seinen spärlichen Bart. Um ihre Euphorie und ihre Emotionen zu verbergen, da diese zu demonstrieren im Islam Haram, verboten ist, sprachen sie gemeinsam das Gebet und nahmen von ihm Abschied.

Am Tag der Entscheidung, am frühen Morgen, erschien Quara frisch geduscht persönlich im Zentrum der islamistischen Macht in der Ortschaft. Ein Zeichen, dass er bereit war, mit Freude die Tat zu vollbringen.

Alle führenden Islamisten, darunter der Araber und der Pakistaner, insgesamt siebzehn an der Zahl, versammelten sich einer nach dem anderen. Quaras Vater, der von dem Vorhaben seines Sohnes Bescheid bekommen hatte, war auch anwesend, was Quara beunruhigte.

Nach dem Gebet, während sie leise „Allah-u-Akbar" riefen, befestigten sie feierlich und fachmännisch die schweren Sprengstoffe an Quaras Oberkörper, Oberschenkel und Beinen, so, dass sie durch seinen sportlichen Körper unauffällig wirkten.

Quara bewahrte die ganze Zeit Ruhe und teilte die Freude mit den anderen. Doch Jaber bekam ein flaues Gefühl im Magen und hatte vor, unter einem Vorwand irgendwie zu verschwinden. Das durfte er aber nicht, da er letztendlich selbst der Initiator der Mission war.

Als die Zeremonie um etwa sieben Uhr dreißig zu Ende war, umarmte Quara zunächst seinen Vater, flüsterte ihm ins Ohr, dass er sofort verschwinden solle, und indem er ihm das Geld übergab, redete zum ersten Mal laut und deutlich:
„Überbringe meine Grüße an meine Mutter und bitte sie um Verzeihung. Allah-u-Akbar!"

Der kluge Vater verstand sofort die Botschaft. Die Augen voller Tränen und „Allah-u-Akbar" rufend, verschwand er, während ihm ein Leibwächter folgte.

Die Islamisten sprachen noch ein Gebet. Nun musste es schnell gehen. Quara sollte bis halb neun nach Mazar-e-Scharif gebracht werden. Dort sollte er sich in dem großen Hof des Ali Mausoleums, wo Hunderttausende von Kindern, Frauen und Männern Neujahr feierten, mit der Masse mischen. In einem günstigen Moment sollte er den Sprengstoff zünden und so viele Menschen wie möglich mit sich in den Tod reißen.

Der Transport war bereit. Eine unheimliche Spannung durchhauchte den Raum, keiner war fähig, ein Wort herauszubringen. Alle siebzehn Anwesenden schauten angespannt auf jede seiner Bewegungen, jedes Zeichen seiner Körpersprache. Sie lauschten auf jeden zufälligen Laut, der von Quara ausging. Doch der war total ruhig und wirkte angespannt.

Ein paar Momente vergingen in der Stille. Todesstille. Dann schloss Quara die Augen, las einen Psalm aus dem Koran, wobei Moras Gestalt seinen Körper erfüllte, und seine Seele erhellte. Er machte widerwillig und langsam die Augen auf, ging mit kleinen Schritten zu den anderen, umarmte zunächst den Araber, danach umarmte er Jaber, so fest er konnte, und während er mit aller Wucht „Allah-u-Akbar! Mora, ich bin unterwegs!" rief, zündete er den Sprengstoff.

****

SELBSTMORDATTENTÄTER

STEIN DER VERSÖHNUNG

„Hey, du Luder, zeig mir, was du hinter deinem Schleier verbirgst!", fauchte Bernhard Hartmann am frühen Abend in der Einkaufsstraße in der Innenstadt dem unbekannten Mädchen an, das einen langen Vollkörperschleier trug.

Unvorbereitet blieb Dunja Amiri auf der Stelle stehen. Zunächst vermochte sie nicht zu wissen, ob der Unbekannte sie meinte. Als der robuste Mann, der sich kaum aufrecht halten konnte, sie intensiv anblickte und ihr zu nah kam, geriet sie in Panik, wusste für einen Augenblick nicht, ob sie wegrennen oder sich wehren sollte.

Als der Mann auf bedrohliche Entfernung herankam und schimpfend prahlte, dass das Mädchen sich auf der Stelle für ihn ausziehen solle, und mit Verachtung sagte, was er ihr antun würde, brach sie in Schluchzen aus. Ihr ganzer Körper zitterte, sie ließ die Einkaufstasche fallen und klammerte sich mit beiden Händen an ihre Handtasche, verzweifelt bemüht, an ihr Handy zu gelangen.

Unbekümmert gingen die Passanten an ihnen vorbei. Einige Neugierige gingen davon aus, dass entweder das Mädchen dem Mann etwas gestohlen hatte oder die beiden sich kannten.

Cordula Engelberg, die die Szene aus nächster Nähe beobachtete und noch nicht erkennen konnte, worum es ging, zögerte nicht, als sie das Mädchen in einer verzweifelten Lage und voller Panik sah. Sie verschwendete keine Sekunde, stellte sich vor den Mann und berührte sanft den Oberarm des Mädchens mit ihrer rechten Hand.

Doch Bernhard war nicht zu stoppen. Er beschimpfte auch Cordula und setzte seine unangebrachten Bemerkungen gegenüber dem Mädchen fort, sowohl über ihre Kleidung als auch ihre Herkunft. Er schien kurz davor zu sein, die beiden anzugreifen.

Andere Passanten wurden aufmerksam und hielten den Mann, der stark nach Alkohol roch, herumtobte und seinen Mund ausschäumte, fest.

Eine Polizistin, die in der unmittelbaren Nähe des Schauplatzes auf ihrer Routinestreife war, rief nach Verstärkung und nahm Bernhard in Gewahrsam, indem sie seine Hände mit den Handschellen auf den Rücken fesselte.

Bernhard ließ sich widerstandslos festnehmen, beruhigte sich und stieg in den Polizeiwagen, der sich kurz zuvor lärmend und leuchtend an den Tatort herangepirscht und die Schaulustigen verscheucht hatte.

Inzwischen nahmen Cordula und einige andere Damen Dunja in die Arme, trösteten sie, sodass sie sich allmählich von ihrem Schockzustand erholte, sich beruhigte und ihren Vater anrief.

Da trotz einiger Zeugenbefragungen, die Situation immer noch unklar war, entschieden die Polizisten, Dunja, ohne Handschellen, und auch Cordula in einem anderen Wagen ins Revier mitzunehmen.

Der Kommissar stellte fest, dass Bernhard stark alkoholisiert war. Er nahm seine Personalien, eine Kopie seines Personalausweises und seine Fingerabdrücke auf. Nachdem der zuständige Arzt seine DNA und eine Blutprobe sichergestellt hatte, brachte er ihn in eine provisorische Zelle, um ihm die Gelegenheit zu geben, sich zu beruhigen und nüchtern zu werden.

Ferner fiel dem Kommissar auf, dass Dunja mit der Sache am geringsten zu tun hatte und nur eine zufällige Beteiligte war. Nach einem kurzen Verhör, der Aufnahme ihrer Personalien und anderen Formalitäten, erlaubte er ihr, mit ihrem Vater nach Hause zu gehen. Gleichzeitig bedankte er sich bei Cordula für ihre Zivilcourage und sicherte ihre Aussage.

Am nächsten Morgen wurden Bernhard Hartmann, der eine vage Erinnerung an das gestrige Geschehen hatte, seine Rechte vorgelesen. Man bat ihn, bevor er zum Haftrichter geführt wurde, seinen Rechtsanwalt oder zumindest einen Rechtsbeistand zu kontaktieren. Da er keinen Anwalt hatte und strafrechtlich nie mit der Justiz in Berührung gekommen war, wusste er schlicht nicht, was er machen sollte. Er wirkte verwirrt und gedankenverloren.

Der Kommissar händigte ihm eine Liste der Anwaltskanzleien in der Stadt aus. Rein zufällig wählte Bernhard die Anwaltskanzlei „Wissen und

Gewissen" aus. Der Kommissar wählte die Nummer.

„Herr Atasch, der Chef wartet auf Sie. Sie sind spät dran."
„Auf mich? Er weiß doch, wo ich war."

Normalerweise bestellt Alfred Stein, der mit den großen Konzernen beschäftigt ist, keine Mitarbeiter zu sich. Er erledigt die Aufgaben telefonisch, schriftlich oder geht persönlich zu seinen Anwälten und führt Smalltalks.

„Ach, Sie kennen doch Herrn Stein. Er schreibt keine Notizen."

Der junge Adil Atasch ist mit seinen sechsundzwanzig Jahren der jüngste Anwalt in der Kanzlei. Geboren und aufgewachsen ist er in Deutschland, seine Abstammung führt jedoch nach Afghanistan. Nach dem erfolgreichen Abschluss des zweijährigen Referendariats assistiert er überwiegend den erfahrenen Anwälten, verteidigt die Kleinkriminellen und Ganoven. Eine Bilanz seiner Erfolge oder Misserfolge kann er noch nicht vorweisen.

Er ist jedoch mit sich selbst, mit seinen Leistungen und im Allgemeinen mit dem Leben zufrieden. Intelligent, ehrgeizig, neugierig, sportlich, gepflegt und gutaussehend, hat er ambitionierte Pläne für die Zukunft.

Adil ist mit Rahel Ebadi, einer hübschen Akademikerin aus seinem Abstammungsland, die ebenfalls in Deutschland aufgewachsen ist und kaum die Sprache ihrer Eltern spricht, verlobt.

SELBSTMORDATTENTÄTER

Er geht unverzüglich, doch selbstbewusst und mit
Selbstvertrauen zum Chef, obwohl ihn ein mulmiges
Gefühl plagt, etwas falsch gemacht zu haben.

„Studieren Sie bitte die Akte, Herr Atasch, und fahren
Sie sofort zum Polizeirevier."

Adil wirft einen kurzen Blick in die Akte, welche aus
ein paar frisch zugefaxten Polizeiberichten besteht:
„Festnahme wegen sexueller Belästigung und Nötigung
in der Öffentlichkeit und unangemessene Äußerung
gegen eine ausländische Mitbürgerin", und fragt:

„Sind Sie sicher, Herr Stein, dass ich den Fall
übernehmen soll?"

„Fühlen Sie sich nicht dafür gewachsen?"

„Ist schon gut."

„Fangen Sie an. Ich bleibe persönlich dabei, wenn
nötig, dann wird es Herr Langhammer übernehmen."
Nach kurzer Atempause: „Lesen Sie bitte sorgfältig die
Akte. Vergessen Sie nicht, dass der Mann stark
alkoholisiert war."

„Ok, ich melde mich dann bei Ihnen." Er verschwand
formlos in Gedanken schon bei der Sache.

Adil war einerseits froh, mit einer eigenständigen und
seriösen Aufgabe betraut worden zu sein, andererseits
machte er sich Sorgen, weil es um rassistische
Äußerungen ging Er dachte bei sich, wenn er den Mann
guten Gewissens verteidigen würde, bekäme er ganz
bestimmt Probleme in der Familie, mit Verwandten und

einigen seiner Freunde. Andernfalls wäre es ein Verrat an seinem Traumberuf, an seinem Gewissen, und gewiss würde er dadurch seine Beförderung versäumen, seine Karriere selbst versperren.

Er genehmigte sich einen Kaffee und, ohne wie gewöhnlich die andern zu begrüßen, da gab es auch außer dem Chef und der Sekretärin keinen mehr in der Kanzlei, fing er an, die Akte zu studieren. Als er ein Bild von dem Fall in seinem Kopf rekonstruiert hatte, fuhr er ins Revier.

Nach den Formalitäten und der kurzen Begrüßung stellte er sich dem Bernhard vor, der niedergeschlagen wirkte und viel älter aussah, als er war, und ohne Enthusiasmus oder Mitleid fragte er ihn:
„Wollen Sie ein Geständnis abliefern?"

„Ich erinnere mich kaum an etwas. Wie soll dieses Geständnis aussehen?"

„Ok. Sie sind nirgendwo im Strafregister registriert. Sie waren stark alkoholisiert. Sie kannten das Mädchen nicht. Ich schlage Ihnen vor: Machen Sie von ihrem Schweigerecht gebrauch und überlassen Sie es mir."

„Kann ich heute wieder nach Hause? Ich mache mir Sorgen um meine Frau, meine Kinder und meinen Job." Trotz seines reifen Alters konnte Bernhard den Ernst seiner Lage nicht einschätzen.

„Das kann ich Ihnen nicht versprechen. Letztendlich handelt es sich um ein schwerwiegendes Delikt, das Ihnen zur Last gelegt wurde. Dennoch werden Sie sehen, dass ich versuchen werde, dies zu erreichen." Und während er Abschied nehmend aufstand, um zu gehen, sagte er knapp: „Wir sehen uns im Gericht. Seien Sie guter Zuversicht."

Als der Anwalt gegangen war, sah Bernhard noch besorgter aus als zuvor und hatte Gesprächsbedarf. Der erfahrene Kommissar, der noch da war und ihm sagen wollte, dass er sich auf den Transport vorbereiten solle, bemerkte seinen Zustand und fragte ihn, ob es ihm gut gehe.

„Ja, danke. Nein, wegen des Anwalts."

„Was ist mit ihm?"

„Nicht, dass er mich verrät."

„Ach, weil er ausländischer Abstammung ist." Und scherzhaft fügte er hinzu: „Hat ihre rassistische Antenne wieder gefunkt?"

„Ich befürchte, dass er mich rassistisch behandeln wird."

„Das glaube ich kaum", beruhigte ihn der Kommissar: „Die Kanzlei heißt schließlich -Wissen und Gewissen-. Später können Sie ihn bestimmt wechseln, wenn nötig."

Offiziell lautete der Anklageschrift:
„Sexuelle Belästigung, Versuch der sexuellen Nötigung und rassistische Diskriminierung in der Öffentlichkeit."

Trotz der ernsthaften und sachlichen Bemühungen des Rechtsanwalts Adil Atasch, argumentierte die freundliche Richterin des Amtsgerichtes unter anderem: „Da Herr Bernhard Hartmann dringend tatverdächtig ist und es keine Garantie gibt, dass er nicht wieder trinkt und rückfällig wird, und kein psychologisches Gutachten vorliegt, geht das Gericht davon aus, dass von ihm eine Gefahr für die Allgemeinheit ausgeht. Herr Hartmann wird nach § 112 Abs. 1 der StGB in Untersuchungshaft verlegt, bis die große Kammer des Landgerichts darüber entscheidet. Er kann innerhalb von vier Wochen gegen diese Entscheidung Berufung einlegen."

Bernhard wurde erst jetzt die Ernsthaftigkeit seiner Lage bewusst. Er sah zu, wie fieberhaft und kompetent der Anwalt für seine Freilassung kämpfte. Unter Tränen musste er erkennen, dass er zum ersten Mal in seinem Leben, vorübergehend bis zu vier Wochen in Haft bleiben musste.

„Ich besuche Sie morgen im Gefängnis, Herr Hartmann. Wir werden alles in Ruhe besprechen und unsere Strategie erarbeiten." Mit diesen Worten nahm er von ihm Abschied.

Als Bernhard abgeführt wurde, fragte die Richterin, die Adil persönlich kannte:
„Ist dieser Fall nicht etwas unpassend und unangenehm für Sie?"

„Ich mache meinen Job, Frau Vorsetzende."

„Na dann, viel Glück."

Da sich dieses Ereignis in der Innenstadt ereignet hatte und der Pflichtverteidiger des mutmaßlichen Täters selbst ein Ausländer war, erregte es nicht nur die Aufmerksamkeit der lokalen Medien, sondern auch landesweit und in den sozialen Netzwerken.

Unter dem enormen Einfluss der Angstwelle aus Rassismus und Antirassismus und auch sexuellen Übergriffen, welche die profitgierigen Medien gezielt auf Kosten der ahnungslosen Bevölkerung verbreiteten und aus einer Mücke einen Elefanten machten, wurde dieser Fall, als heißeste Quelle zum Stillen des Informationsdurstes in Betracht gezogen.

Viele kommentierten bewusst oder unbewusst, dass der geldgierige auslandsstämmige Anwalt sich schämen sollte, solch ein Monster zu verteidigen. Viele andere äußerten sich dagegen, dass Hartmann ein Opfer der Hetzkampagne sei und er seinen Asylantenanwalt loswerden solle.

Adil Atasch, dem ein starker Menschensinn im Blut lag, entdeckte am nächsten Tag, dass in Bernhard Hartman trotz seiner körperlichen Größe, seiner rabiaten Erscheinung, seiner lauten und rauen Stimme sowie seiner unbedarften Umgangsart, ein labiler, naiver und flüchtiger Charakterzug lauerte.

Adil wollte den Fall gründlich aufarbeiten, sich von niemandem beeinflussen lassen, und wenn er nach bestem Wissen und Gewissen herausfindet, dass der Mann tatsächlich ein Rechtsextremist und Sexualstraftäter sei, dann werde er seinen Chef um den Entzug des Falls bitten, ansonsten, wenn nach seiner Ansicht der Mann selber ein Opfer seiner Dummheit und seines Umfelds war, dann würde er für seine Freilassung hart kämpfen.

Das ausführliche Gespräch mit ihm bestätigte seine Vermutungen. Er erzählte ihm, wie es eine Woche vor dem Fall bei einer Grillparty zwischen acht Freundinnen und Freunden gelaufen war:

„Die Ertrinkenden tun mir leid, aber sie sind auch schuld. Egal wie hart das Leben ist, es ist immer besser als der sichere Tod", sagte Manuel Rüdiger, der selber einst die Emigranten willkommen hieß und sich freiwillig für sie engagierte.

Bernhard Hartmann, der studiert hatte, einen gutbezahlten Job ausübte, geistig und körperlich in guter Verfassung, glücklich verheiratet und Vater zweier Töchter war, war in der Tat sehr vernünftig, anständig und korrekt. Doch das, was ihm fehlte, war die Fähigkeit, selbstständig zu denken, zu analysieren und Schlussfolgerungen zu ziehen. Wenn er von einer Aussage, egal in welche Richtung, überzeugt war, kämpfte er energisch, emotional und unbedarft dafür, bis er entweder eine Niederlage erlitt oder anderweitig überzeugt wurde. Er äußerte sich zustimmend:
"Und sobald sie in Europa landen, vergessen sie ihre elenden Tage. Anstatt zu versuchen, sich zu integrieren und in aller Ruhe zu leben, stören sie die gesamte Systemordnung."

"So ist es. Wir sind aus humanistischen Gründen bereit, sie aufzunehmen und ihnen zu helfen, aber sie respektieren unsere Werte nicht", sagte Mathias Gebel. Er hatte sein Studium abgebrochen, sich von seiner thailändischen Freundin getrennt und war auf der Suche nach einem neuen Job und einem neuen Glück.

Als die Rederunde solch einen Lauf nahm, stellte Lara Rademacher ihre Limonade auf den Rasen und sagte energisch:
'Wovon redet ihr, Schwachköpfe? Habt ihr auch nur ein kleines bisschen Ahnung von Geschichte? Wir haben eine historische Verpflichtung gegenüber diesen Heimatlosen."

„Oh, Lara, bitte keine Linkspolitik. Im Geschichtsunterricht war ich sowieso eine Niete."

"Halt den Mund, Alex, du Plebejer. Wenn du eine Buchallergie hast, dann höre unbeteiligt zu, was die anderen sagen. Da lernst du bestimmt etwas. Oder steck dir die Kopfhörer in die Ohren und hör deine Musik", antwortete Lara knapp.

"Ich bekomme Kopfschmerzen von all dem Unsinn. Ich möchte einfach nur Spaß haben, und wer sich mir entgegenstellt, den schlage ich K.O."

Ungeachtet solcher unseriösen Äußerungen, die nicht selten waren, fuhr Lara fort:
"Wir, beziehungsweise unsere Väter und Vorfahren, haben diese Menschen über Jahrhunderte, ja sogar Jahrtausende, im Rahmen des Kolonialismus gedemütigt, erniedrigt, versklavt und geplündert. Und als nichts mehr ging, haben wir uns mit den schlimmsten Vertretern der dortigen Gesellschaft, den korrupten Habgierigen, den religiösen Extremisten und Fundamentalisten, verbündet, um die Menschen zu verdummen und unseren Profit daraus zu schlagen."

Jemand rief dazwischen: „Ich wusste gar nicht, dass wir

eine Frau Karl Marx unter uns haben."

"Schatz, du stehst mit solchen Äußerungen allein da", mischte sich Wolfgang Rademacher ein und ignorierte den Zwischenruf: "Was in der Geschichte passiert ist, ist bereits geschehen. Wir können es nicht ungeschehen machen. Warum sollen wir also die Schuld tragen, dass unsere Nachtruhe zerstört wird?"

„Wolfgang, fang bitte nicht wieder damit an. Du weißt wohl, dass einerseits diese Politik, in anderer Farbe und mit anderem Duft, unter dem Namen Globalismus und weiß Gott, was noch, weitergeführt wird. Du weißt auch genau, dass unser Wohlstand auf ihrem Unwohlsein beruht, dass wir ihnen den Weg zu Erfolg, Zivilisation und Entwicklung versperrt haben und immer noch versperren, weil wir ihre natürlichen Ressourcen und ihre billigen Arbeitskräfte ausbeuten. Sonst wären sie sicherlich zivilisierter und fortschrittlicher als wir. Was haben wir? Nur Waffen und Gewalt!" widersprach Lara ihrem Mann.

„Um Himmelswellen, Lara, was hat das alles mit der Welle von Asylanten zu tun?", fragte Bernhard, der unter dem Einfluss der Mehrheit stand.

„Benny, wir müssen zumindest einen Teil von dem zurückzahlen, was wir ausgeraubt haben. Stattdessen suchen wir unsere Feinde inmitten der Mittellosen, Schwachen und Machtlosen, die bei uns Schutz und Halt suchen und doch nicht wissen, dass sie ein Recht dazu haben, irgendwo auf der Erde zu leben. Unsere Feinde sind woanders, sie sind unter uns, in uns."

"Das mag stimmen, aber eines kann ich nicht begreifen:

Egal, was in der Vergangenheit passiert ist, wir leben in einer freien, demokratischen und liberalen Atmosphäre – warum zum Teufel integrieren sich die Frauen, die hierherkommen, nicht in die Gesellschaft? Warum nutzen sie diese Freiheit nicht für ihr Wohlergehen? Ein Wohlergehen, für das sie in ihrem Herkunftsland jahrelang gekämpft haben", sagte Sabrina Marshall.

„Was meinst du damit?", fragte jemand.

„Kopftuch und Vollverschleierung, meine ich. Einerseits ist es Diskriminierung und Erniedrigung sich selbst gegenüber, weil sie Männer vergöttern, andererseits ist es eine Beleidigung anderer Frauen, damit sie provozierend demonstrieren, dass sie rein, etwas Besseres sind und weiblicher und dass die anderen alle Schlampen sind. Sie wissen nicht, dass Weiblichkeit nicht daran liegt, sondern an der weiblichen Stärke."

„Was ist, wenn sie es aus religiösen Gründen machen?"

„Dann sollen sie es dort machen, wo es erwünscht ist. Warum denn in Europa? Sie werden bestimmt dort nicht verfolgt oder bedroht. Das ist provozierend und gießt Öl ins Feuer der Rechtsradikalen, glaube ich. Ich habe auch gehört, dass es zum Beispiel im Islam verboten ist, aus demselben Glas zu trinken, aus dem ein Ungläubiger, jemand wie wir, getrunken hat. Das tun sie aber ungestört."

"Das ist eine Debatte, die von uns unermüdliche Arbeit abverlangt und nichts mit dem allgemeinen Problem zu tun hat", sagte Lara. Sie vermochte nicht, die fröhliche Atmosphäre mit einer langen Rede zu trüben, als sie ihren Namen hörte.

„Lara, du weißt doch, dass ich mich jahrelang für die Asylanten engagiert habe. Was habe ich als Dankbarkeit bekommen? Dieser jungen Senegalesen, an dessen Namen ich mich nicht erinnern möchte, den ich bei mir zu Hause angesiedelt habe und wie mein eigener Bruder behandelt habe, nutzte meine Abwesenheit aus, verführte meine Frau und rannte mit ihr weg. Weißt du, wie es meinen Kindern geht? Sie können nicht entscheiden, ob sie bei der Mutter und dem Mann, den sie nicht mögen, bleiben sollen oder bei dem Vater, der nur leidet. Das ist echt hart. Sowas habe ich nicht verdient", sagte Michael Engelmann ergrimmt.

„Es tut mir echt leid, Mike, das ist echt unbegreiflich und hart, doch das ist ein Einzelfall, sowas kann jedem und aus jeder Nationalität passieren", sagte Lara seufzend und wollte weiterreden, als sie durch Pascal Lachmann, der bis dahin stumm dasaß und wie sein Name tatsächlich zu jedem lächelte, unterbrochen wird, indem er etwas unseriöse lustige Aussage machte.

Als sich peu à peu mit dem Genuss von Alkohol, Steaks, Pommes und Wurst der Verlauf des Gesprächs auf die menschenunwürdige Erzählung von Emigrantenwitzen fokussierte, fühlte sich Lara fremd und allein und unterhielt sich mit ihrer Tochter, die gerade mit einem Jungen aus Indien befreundet war, während Bernhard Hartmann zuließ, dass sein Kopf wie ein trockener Schwamm, der das Wasser aufsaugt, mit negativen Elementen vollgestopft wurde. Er ließ sich hiervon suggerieren, davon überzeugen.

Adil Atasch hatte viel gehört und sich Notizen gemacht. Er hatte eine vage Ahnung, wie die zivilisierte Gesellschaft mit dieser Problematik umging, wie die Politiker aus unterschiedlichen Gründen darüber schwiegen und wie die Medien, statt die Menschen aufzuklären, verräterisch Wind in die bereits lodernden Flammen bliesen. Doch was Bernhard ihm erzählte, war etwas Lebendiges, etwas Aktuelles, mit verheerender Konsequenz für die beiden ahnungslosen sogenannten Kontrahenten.

Er wollte weiter zuhören, doch seine Zeit reichte nicht aus. Er verabschiedete sich von Bernhard, versprach in ein paar Tagen wiederzukommen, während Mitleid und Mitgefühl aus seinen Augen und seiner Körpersprache deutlich zu lesen waren.

Adil merkte, dass dieser Fall nicht nur eine juristische Bedeutung hatte, sondern auch eine sensible politische. Er musste viel über Vieles lernen. Es tat ihm weh, wie die Mächtigen, die Großen und die Politiker wegen Geld und Machtgier mit den Gefühlen der Menschen, mit deren Emotionen spielten.

Während er geistesabwesend zur Kanzlei fuhr, schwirrten ihm Gedanken durch den Kopf, dass sogar die großen demokratischen Parteien von dieser schmutzigen Welle profitierten. Sie machten den Menschen latent und verborgen vor, dass im Fall, dass sie sie nicht wählen würden, die Rechtsradikalen ihnen auf den Fersen wären. In der Tat tolerierten sie die Radikalen und leisteten einen Beitrag dazu, dass sie fortbestanden.

Welche Konsequenzen dies für die Zukunft des Landes haben würde, war ihnen in diesem Moment egal. Er konnte die Angst spüren. Die Rechtsradikalen sind die Ängstlichen. Sie sind den neuen Umständen, der Erneuerung nicht gewachsen. Daher jagen sie der Gesellschaft, verdeckt unter den lauten Parolen und robusten Erscheinungen, Angst ein und teilten somit ihre eigenen Ängste mit der Gesellschaft. Ängste, die unbegründet sind.

Angekommen in der Kanzlei, wollte er mit dem Chef über seine Empfindungen sprechen, doch es war nicht nötig, da dieser bereits nach Hause gefahren war. Der junge Anwalt merkte erst jetzt, dass er mit seiner Verlobten verabredet war.

Bernhard erzählte Adil von der Seele, als sie sich bei der nächsten Gelegenheit begegneten:
Eine Nacht vor dem Geschehnis kam seine Frau aufgeregt nach Hause, während er seinen Töchtern bei den Hausaufgaben half.

„Was ist passiert, Len?", fragte er besorgt, nachdem er seine Frau ungewöhnlich zerstreut gesehen hatte.

Linda Hartmann, eine ausgeglichene Pädagogin, die es sich nicht erlaubte, aus der Fassung zu geraten, sagte mit einem bitteren Lächeln im Gesicht:
„Nicht der Rede wert."

„Du siehst, aber aufgeregt aus."

„Ach, das ist einfach scheiße. Man fühlt sich in seinem

eigenen Zuhause nicht sicher."

„Hat dich jemand bedroht?"

„Nein, beruhige dich. Wie du siehst, habe ich mich heute wegen der Hitze nur leicht gekleidet. Ich ging auf den Fußgängerweg, da war sonst niemand, als plötzlich fünf oder sechs solcher Typen, ich meine Asylanten, wie aus dem Nichts auftauchten. Mit weit geöffneten Mündern und bedrohlichen Blicken musterten sie mich, während sie in irgendeiner Sprache miteinander sprachen."

Sie hielt kurz inne und deutete an, dass die Kinder nicht alles mitanhören sollten.

Als Bernhard die Kinder bat, ins Kinderzimmer zu gehen, erzählte sie weiter:
„Ja, zunächst habe ich sie ignoriert, doch als sie mir zu nah kamen, bekam ich echt Angst. Solche Angst, die ich noch nie im Leben verspürt hatte. Ich bin so oft mitten in der Nacht diese Strecke entlang alleine gelaufen und habe nie Angst gehabt. Jetzt fürchtete ich, dass sie mich angreifen würden, und bevor jemand auftauchte, wäre es schon zu spät."

Mit einem bitteren Lächeln im Gesicht bekam Linda feuchte Augen, was auch Bernhard ansteckte. Sie redete etwas erleichtert weiter:
„Ich versuchte mein Handy herausziehen, um dich oder gleich die Polizei anzurufen, schaffte es jedoch nicht, weil meine Hände zitterten, dann bin ich trotz meiner Schuhabsätze weggerannt und hörte, wie sie sich mich auslachten. Ihre Stimmen klingen noch immer in meinen Ohren. Das ist eine Katastrophe."

„Soll ich jetzt einen Blick hinauswerfen?"

„Nein, wo? Sie sind längst über alle Berge."

„Kannst du sie identifizieren?"

„Wie denn? Sie sehen doch alle gleich aus. Außerdem, ich hatte Angst, sie genauer anzuschauen. Ich habe nur vage fünf oder sechs magere dunkele Gestalten gesehen. Schlimm."

„Bist du sicher, dass sie dir etwas antun wollten?"

„Keine Ahnung. Ihre Sprache konnte ich wohl nicht verstehen. Nach all den Gruselgeschichten, die man hört, bekommt man vor seinem eigenen Schatten Angst. Aber in dem Moment habe ich gespürt, dass sie etwas Schlimmeres im Sinn hatten."

Bernhard liebte Linda und war bereit, für sie sozusagen Berge zu versetzen. Tröstend umarmte er seine Frau und sagte, um seine Wut loszuwerden:
„Bastarde. Sie lassen ihre eigenen Frauen zu Hause, um das Essen zuzubereiten, und wenn sie das Haus verlassen, müssen sie vollverschleiert sein, und selbst machen sie die fremden Frauen an."

Er konnte dieses Geschehnis nicht aus seinem Gedächtnis löschen, wie er es sich auch wünschte. Am Tag darauf, nachdem er mit seinen Freunden reichlich Alkohol getrunken hatte und sie verächtlich über das gestrige Ereignis plauderten, pochten seine Schläfen, und sein Adrenalinspiegel stieg so hoch wie zu seinen

Jugendzeiten. Als er dann allein war und sich kaum auf den Beinen halten konnte, begegnete er Dunja.

Adil musste schnell fort, weil er wieder mit seiner Verlobten verabredet war. Doch bevor er Abschied nahm, sagte er lapidar zu Bernhard:
„Ich beantrage für Sie einen Psychologen. Bitte erzählen Sie ihm genau alles, was Sie mir heute und beim letzten Mal erzählt haben, mit allen Details."

„Wieso? Ich bin doch nicht psychisch krank. Glauben Sie meiner Geschichte etwa nicht?"

„Doch, voll und ganz. Der Doktor wird bestimmt bestätigen, was ich mit meiner Strategie vorhabe."

Adil fand seine stets fröhliche Verlobte etwas umgestimmt. Als er nach dem Grund eindringlich nachhakte, sagte sie:
„Bist du wahnsinnig geworden?"

„Warum, was habe ich wieder falsch gemacht?"

„Alles!" Verdrossenheit war nicht nur aus ihren Worten, sondern auch aus ihrer Körpersprache deutlich zu entnehmen. Sie fügte hinzu:
„Hast du sonst nichts mehr zu tun, dass du einen rassistischen Vergewaltiger verteidigen musst? Was hast du dir vorgestellt?"

„Er ist weder ein Rassist noch ein Vergewaltiger, soweit ich bis zum jetzigen Stand der Dinge weiß."

„Er wollte ein Mädchen auf offener Straße schänden

und hat rassistische Äußerungen gemacht. Das Mädchen hat mich heute aufgesucht und bat darum, dass du dich von dem Fall zurückziehst."

„Das kann ich nicht und das will ich auch nicht. Du weißt, dass ich Rechtsanwalt bin und für das Recht kämpfe."

„Wessen Recht? Die ganze Welt hat gesehen, was er getan hat. Liest du nicht, was die Leute über dich schreiben? Das ist doch ein Rufmord, was du da treibst."

„Er war betrunken, Rahel. Im Rausch des Alkohols weiß man nicht, was man tut."

„Woher willst du das wissen? Du trinkst doch keinen Alkohol. Außerdem habe ich gehört, dass, wenn man trinkt, gibt man seine wahre Identität preis."

„Soll ich jetzt anfangen zu trinken?"

„Dann soll mich dein Chef als Mörderin verteidigen", lachte sie zum ersten Mal seit ihrer Begegnung.

„Nein, Rahel, Spaß beiseite, ich kann dir über die Einzelheiten des Falls nichts erzählen, das darf ich auch nicht. Doch die Tatsachen sehen total anders aus, als was die Medien schildern, oder die Öffentlichkeit ausplaudert."

„Ich bin keine Juristin, doch kann ich nicht verstehen, was daran anders sein soll. Alle haben es miterlebt."

„Bitte hab Vertrauen in mich. Lass dich überraschen.

Ich mache es doch nicht fürs Geld oder für Ruhm.
Vielleicht erkläre ich dir alles, wenn die Zeit kommt."

„Ich hoffe nur, dass du dich nicht blamierst und damit mich auch noch."

„Lass uns unseren Tag nicht damit verderben. Ich schaue ganz genau. Wenn da etwas faul war, dann ziehe ich mich zurück. Einen Vorwand findet man immer. Der Chef wird mich verstehen."

In der dritten Woche hatte Adil wieder versucht, seinen Mandaten aus der Untersuchungshaft freizubekommen, war jedoch an der Richterin gescheitert. Nun musste Bernhard etwa sechs Monate oder gar mehr auf die Hauptverhandlung warten.

Bernhard Hartmann hatte das Gefängnis zuvor nur von außerhalb der hohen Mauern gesehen oder davon erzählt bekommen. Doch das, was er dort erleben musste, konnte er nicht in Worten beschreiben. Für ihn wirkte es wie eine andere Welt, eine Insel mitten im Nirgendwo. Abgesehen von dem verächtlichen Benehmen einiger Justizbeamten, die ihrem Job nicht gewachsen waren und sich irgendwie behaupten müssten, herrschte dort so etwas wie eine Kastenhierarchie.

Die prominentesten waren die Mörder, dann die Schlägertypen, Drogendealer, Kleindiebe, Kleinkriminelle, Wirtschaftskriminelle und zum Schluss die mit den Sexualdelikten. Es interessierte keinen, ob sie etwas getan hatten oder nicht. Es reichte, wenn ein vorwurfsvolles Wort von jemandem gegen jemanden ausgesprochen wurde, und die frustrierten Insassen entluden ihre gesamte Frustration an der betroffenen Person.

Es sah aus wie eine beschlossene Sache, es gab Führer und Mitläufer. Ein Einzelgänger wie Bernhard, der nirgendwo Fuß fassen konnte, musste mit Beleidigungen, bis hin zu verächtlichen Blicken und Bedrohungen rechnen. Zum Angriff kam es jedoch nicht, da während der Essensausgabe immer ein Beamter vor Ort war, und sonst blieb er immer in seiner Zelle, nutzte die einstündige Freistunde nicht und duschte so knapp wie möglich. Er litt und weiter litt. Im Gefängnis besuchte ihn seine Frau nur zweimal und seine Freunde besuchten ihn auch sehr selten.

Die Verhandlungen zogen sich in die Länge. Die ursprünglich vorgesehenen drei Verhandlungstage reichten nicht aus, um sich ein klares Bild über Schuld oder Schuldunfähigkeit des Angeklagten zu machen und dementsprechend ein faires Urteil auszusprechen.

Die Staatsanwältin, die selbst im Antidiskriminierungsmilieu aktiv war und kurz vor ihrer Beförderung zur Oberstaatsanwältin stand, beantragte ein Jahr acht Monate Haft wegen sexueller Belästigung in einem Fall und sexueller Nötigung in einem Fall nach § 177, Abs. 7 des StGB und ein Jahr vier Monate Haft, wegen rassistischer Diskriminierung in der Öffentlichkeit nach §130, Abs. 1 in einem Fall, insgesamt drei Jahre und zwei Monate Freiheitsentzug für den Angeklagten.

Die Zeugenaussagen belasteten den Angeklagten schwer, und die Behauptungen seiner Freunde und Verwandten über seine unauffällige Vergangenheit, Anständigkeit und gute Charakterzüge halfen ihm am wenigsten.

Doch die Kernaussage des psychologischen Gutachtens, geschickt von Adil geleitet, orientierte sich am wankelmütigen, labilen Wesen des Angeklagten. Dieses ließ sich leicht von Dritten beeinflussen und suggerieren. In der Trunkenheit löste es eine emotionale und unbewusste situative Reaktion aus.

Diese Kehrtwende zugunsten des Angeklagten wirkte nicht nur in der Justiz, sondern auch in den Medien und vor allem in den Köpfen der Menschen.

Alfred Stein, der mit dem psychologischen Gutachten nicht einverstanden und nicht zufrieden war, und der in Erwägung zog, Adil den Fall zu entziehen, wurde allmählich froh über seine erste, ursprüngliche Entscheidung. Er verzichtete bewusst auf weitere strategische Ratschläge und beschränkte sich auf sachliche Beratung.

Rechtsanwalt Adil Atasch konstruierte an dem Tag, an dem er Bernhards Geschichte aus dessen Mund gehört hatte, seine Verteidigungsstrategie. Dabei schaute er intensiv in dessen Augen und studierte seine Körpersprache, um sich über dessen Schuld oder Unschuld zu vergewissern. Nachdem er das starke Interesse der Medien und der Politik an dem Fall beobachtet hatte, die alle ihre eigenen Zwecke verfolgten, konnte er sein Vorhaben jedoch kaum jemandem verraten, da er selbst nicht völlig von dessen

Erfolg überzeugt war.

Am Tag der Entscheidung zitterte Bernhard Hartmann am ganzen Körper, konnte kaum reden, konnte sich kaum konzentrieren und gefrühstückt hatte er auch nicht. Doch Adil war guter Fassung und lud seine Verlobte ein, der Verhandlung als Zuschauerin beizuwohnen.

Adil Atasch versuchte in seinem ausführlichen faktischen, jedoch kurzen Plädoyer – das sowohl juristische, psychologische als auch politische Elemente aufwies –, ohne die Würde der Klägerin anzutasten oder in Frage zu stellen, unter anderem klarzumachen, dass:

1.   In einem Rechtsstaat gilt ein Betrunkener, der einen Blutalkoholwert von 3,00 aufweist, aufbraust und versucht, etwas zu tun, sich jedoch widerstandslos daran hindern lässt, als schuldunfähig.

2.   Trotz seiner robusten Erscheinung wird Bernhard Hartmann als charakterlich und psychisch labil, instabil und naiv beschrieben. Er ist jemand, der sich unbewusst von Dritten beeinflussen lässt und mit aller Kraft, seinem Wissen und seiner Energie für eine fremdverschuldete Überzeugung kämpft. Trotz seines ruhigen und freundlichen Umgangs in der Familie und im Freundeskreis zeigt er in unbewusstem Bewusstsein situative, jedoch unbeabsichtigte emotionale Reaktionen. Es wäre angebracht, für seinen Mandanten eine Alkoholtherapie zu empfehlen.

3.   Angesichts schmerzlicher historischer

Ereignisse ist es nicht nur angebracht, sondern geradezu eine Pflicht, mit allem Wissen, aller Kraft und Energie unermüdlich gegen Rechtsradikalismus zu kämpfen. Jedoch ist es wichtig zu betonen, dass nicht jede politisch unkorrekte Äußerung zwangsläufig fremdenfeindlich ist. Jede Distanzierung von Menschen, die Schwierigkeiten haben, sich in der Gesellschaft zu integrieren, die mit anderen Kulturen verbunden sind, eine andere Haut- oder Haarfarbe haben oder einer anderen Religion angehören, ist nicht automatisch fremdenfeindlich, sondern xenophobisch.

Nach dem aktuellen wissenschaftlichen Stand existiert Xenophobie oder Fremdenablehnung mehr oder weniger in jedem Lebewesen. Es wird als normal und natürlich betrachtet und benötigt Gewohnheit und Zeit, um abzunehmen. Xenophobie juristisch oder politisch zu bekämpfen sei kontraproduktiv und schädlich, denn damit würden die Xenophoben dem Ungeheuer des Rechtsextremismus ausgeliefert.

Dieses Phänomen wird zielgerecht und latent von einigen Politikern, Vertretern der sozialen Medien, der Wirtschaft und ausländischen Kräften ausgenutzt, wobei die Ahnungslosen als Schutzschild benutzt werden. Damit würde nicht versucht, Rechtsradikalismus zu verharmlosen. Rechtsradikalismus und rechtsradikale Ressentiments gäbe es stets sowohl in der politischen Szene als auch in den Köpfen und Herzen der Menschen, jedoch latent, verborgen und unsichtbar, gleich einem verkapselten Tumor, einer verdeckten Wunde.

Doch nun sei diese Wunde aufgeplatzt, habe sich offenbart. Dadurch sei sie heilbar geworden und jeder könne daraus deutlich erkennen, wie verderblich sie ist, wie sie stinkt. Es sei geboten wachsam zu sein, sich jedoch nicht durch manipulative Hysterie der Medien und angstschürende Politiker verleiten zu lassen.

Mein Mandant ist kein Rechtradikaler, er ist kein Sexualtäter.
Daher wird beantragt, dass Bernhard Hartmann freigesprochen wird.

Das Anwaltsplädoyer beruhigte die Anwesenden in dem Saal, beruhigte aber auch Bernhard Hartmann, der nicht mehr zitterte, der keine Angst mehr hatte, konnte seinen Augen und seinen Ohren nicht glauben.

Er, der sich vor kurzem selbst hasste und beabsichtigte, im Falle einer Verurteilung sein Leben zu beenden, empfand plötzlich keinen Selbsthass mehr. Mitten in den Worten des Anwalts fand er sich selbst, wurde bewusster, sicherer. Ein überwältigendes Gefühl, zu leben und zu lieben, erfasste ihn.

Nach der Aufforderung der Richterin stand er auf und entschuldigte sich aufrichtig und herzlich bei dem Mädchen und dessen Familie. Er drückte seine Entschuldigung auch bei seiner Frau und seinen Kindern aus. Am Ende versprach er unter Tränen dem jungen Anwalt, dass er, egal wie das Urteil ausgesprochen wird, nie wieder in der Öffentlichkeit Alkohol trinken werde.

Seine Sätze, die aus einem reinen Herzen kamen, fanden bei den Anwesenden großen Anklang, so dass sie mit einem zufriedenen Lächeln ihre Zustimmung zeigten, vor allem seine Frau seufzte erleichtert auf und verzieh ihm innerlich.

Die Richterin, die den Fallverlauf als eine beschlossene Sache angenommen hatte, sah sich gezwungen, ihren Senat zu konsultieren.

Nach etwa einstündiger Beratung verkündete sie das Urteil:

„Freispruch."

Niemand hatte mehr Interesse, die Begründung zu hören.

Als Adil mit Rahel aus dem Gerichtssaal kam, kreuzte Abdul Amiri, der Vater des Mädchens, seinen Weg, sodass er plötzlich weiche Knie bekam. Doch während Dunja lächelte, sagte Abdul Amiri mit fester Stimme in seinem gebrochenen Deutsch:

„Ich danke dir mein Sohn. Du hast alles richtig gemacht."

Erleichtert und mit feuchten Augen bedankte er sich zurück, drückte Rahel die Hand und dachte dabei: „Du hast mit deinem Auftritt einen Stein der Versöhnung zwischen zwei ahnungslosen Fronten gelegt, Junge."

****

SELBSTMORDATTENTÄTER

ÜBERRASCHUNG

„Darf ich Ihnen Gesellschaft leisten."

"Ich warte auf meinen Freund, beziehungsweise meinen künftigen Partner", erwidert Pia, ihren Kopf nach links zu der jungen Dame drehend.

Das hübsche Gesicht der Dame kommt ihr auf den ersten Blick bekannt vor. Sie strahlt Vertrauen und Zuversicht aus, ist wunderschön und angenehm.

„Ach, ich warte auch auf meinen, besser gesagt er auf mich." Sagt sie lächelnd.

„Ich habe Kaffee bestellt. Wollen Sie auch einen?"

„Gerne." Erwidert Gina.

Sie machen sich bekannt. Nach einigem Hin und Her fängt Pia an, über ihre Privatsphäre zu plaudern, ohne gefragt zu sein. Die Ausstrahlung und Einfachheit von Gina beeindrucken sie. Inzwischen überlegt sie sogar, Gina als ihre beste Freundin aufzunehmen. Vielleicht.

Gina gibt ebenfalls großzügig ihre intimen Dinge preis. Ein Kaffee wurde getrunken, und zwischendurch haben sie angefangen, sich zu duzen. Sie bemerken nicht, wie schnell die Zeit vergeht.

Zufällig schweifen Pias Blicke zur Wanduhr in dem Lokal.
Kaum hörbar murmelt sie:
„OMG, stimmt das?" Und schaut auf ihr Handy, wie spät ist es. Es sind mehr als eine Stunde seit ihrer Ankunft vergangen.

Pia Engelsmann hat viel zu erzählen. Ihre beste Freundin, ehemalige beste Freundin, Sophie hat sie nach zahlreichen Skandalen verlassen. In der Tat war es Pia, die die Freundschaft beendet hat.

Mit ihrer Mutter, Josephine kann sie aus Scham und auch weil sie sie zur Vorsicht aufforderte und vor den Konsequenzen gewarnt hatte, nicht ausführlich reden. Obwohl diese eine gebildete Frau ist und ihre Tochter liebt, geht sie jedoch zu vorwurfsvoll mit ihr um. Sie lebt im Gegensatz zu ihrem Vater Peter, in der Vergangenheit. Eine dominante Frau, die stetig ihren Mann zum Schweigen bringt, ihn in Verlegenheit zwingt. Pia leidet darunter. Tun kann sie jedoch nichts dagegen.

Mit Gina ist es etwas anders. Sie genoss die Stunde, obwohl sie sie kaum kannte.

Pia hatte als Einzelkind eine vergleichsweise unbeschwerte Kindheit. Mutter, Vater berufstätig. Ein komfortables Leben. Sie selbst ist wunderschön, eine der Besten ihrer Schule. Die Uni ging auch reibungslos.

Sie kennt den gutaussehenden einflussreichen Luckas seit langem. Ihre Beziehung zu ihm entwickelte sich allmählich zu einer leidenschaftlichen Liebe. Fast täglich trafen sie sich, mal bei ihr, mal bei ihm. Sie unternahmen gemeinsamen Urlaub und vieles mehr. Die Liebe zu Pia keimte in Luckas auch. Gleichzeitig hegte er eine Leidenschaft für Luxus und teure Autos, was Pia nicht nur nicht störte, sondern machte sie mit. Sie schienen unzertrennlich zu sein und planten ein gemeinsames Leben.

Doch trotz seiner anständigen Erscheinung pflegte Luckas eine dunkle Seite in sich. Dank seines Vaters, Gerhard Wagner lebte er wohlhabend. Materiell fehlte es ihm an nichts. Er bekam alles, was er auch wollte, und besaß alles, was ihm gefiel. Er war beliebt bei Jungen und Mädchen. Er war athletisch, abenteuerlustig und risikofreudig.

Luckas mochte schnelles Fahren. Demonstrierte seine Stärke, verspottete die Jungs, die keine Courage zeigten, und war immer für Pia da.

Im Laufe der Zeit entwickelte sich in ihm jedoch ein Gefühl des Besitztums. Er wurde arrogant und begann, seinen Freunden Befehle zu erteilen oder sie zur Rechenschaft zu ziehen. Langsam fing er an, Pia als sein Eigentum zu betrachten, was an ihr vorbeiging. Seine Initiative und Forderungen, um etwas Gemeinsames zu unternehmen, nahm Pia gelassen entgegen, wohl wissend, dass sie selbst keine besonderen Ideen für solche Vergnügungen hatte.

Eine seiner Schwächen, die Pia, dank seiner raffinierten und kalkulierten Haltung verborgen blieb, war seine Leidenschaft für Frauen. Er hatte heimliche feste Beziehungen mit mehreren Frauen aller Art, auch in perverser Hinsicht.

Auf einige Bemerkungen darüber reagierte Pia gelassen und nahm es als Gerüchteküche, nahm es als eine Art Eifersucht. Sie fühlte sich gebildet genug, um die Situation unter Kontrolle zu halten.

„Bloß keine Paranoia." Mahnte sie sich ständig und bemühte sich nicht der Sache auf den Grund zu gehen, mal darüber mit ihm zu diskutieren, oder ihm nachzuspionieren. Sie verabscheute solche Beziehungsdynamiken. „Der Mensch ist frei. Wenn ich nicht Liebeswürdig bin, dann soll er mich verlassen. Er ist doch nicht mein Eigentum. Habe Selbstvertrauen, Mädchen." Überzeugte sie sich.

Doch ab und zu störte sie Luckas´ Verhalten. Bisweilen war er übertrieben liebevoll, gar schmeichelhaft, was ihr nicht gefiel, bisweilen zu brutal, eher Psychobrutal, ignorant, arrogant, was sie ebenfalls besorgt machte.

Sie hoffte jedoch auf eine langsame Verbesserung der Beziehung. In ihrer Ansicht überwogen die schönen Momente statistisch betrachtet. Sie selbst war gut erzogen, selbstbewusst, gebildet und gutaussehend. Sie schwebte keineswegs im siebten Himmel, sondern war realistisch, bodenständig und pragmatisch.

Ihr Unterbewusstsein mahnte sie jedoch vor einem bevorstehenden Zwischenfall. Sie konnte es nicht erklären, doch es gab etwas in der Luft. Trotz ihrer selbststrebenden Vernunft kam ihr manchmal Luckas´ Verhalten rätselhaft und merkwürdig vor. Er war immer für sie da, doch gelegentlich verschwand er spurlos aus ihrem Blickwinkel, war weder telefonisch erreichbar noch per anderen Mitteln.

Da Luckas mehr oder weniger einen prominenten Status hatte, fiel seine Beweglichkeit vielen auf, und manche von ihnen machten darüber unparteiische Bemerkungen bei Pia, was sie trotz ihrer großzügigen Ignoranz, etwas nach ging, um es zu überprüfen. Mal anrufen, mal schreiben und ab und zu, zu der Stelle fahren. Erreicht hatte sie jedoch kaum etwas Handfestes, mit dem sie ihn zur Rede stellen könnte.

Rein zufällig ertappte sie ihn eines Tages mit Sophie, ihrer besten Freundin. Wie vom Schicksal vorgeschrieben, hatte sie ungewöhnlicherweise eine fertiggestellte Mappe im Heimbüro von Luckas vergessen.

Als sie ihr Auto parkt, sieht sie Sophies Fahrzeug in ihrem gewöhnlichen Parkplatz. Auf dem ersten Blick nimmt sie es nicht ernst und denkt, dass Sophies Auto seit gestern Abend da abgestellt war und murmelt zu sich:
„Du dummes Mädchen. Dein Auto ist nicht angesprungen und du bist einfach zu Fuß nach Hause gelaufen. Luckas oder ich hätten dich nach Hause fahren können."

Luckas´ Fahrzeug steht ebenfalls da, obwohl er eigentlich nicht in der Stadt sein sollte. Doch Luckas hat nicht nur ein Auto. „Keine Paranoia!" Mahnt sie sich.

Vergessend die Autogeschichte, geht sie rasant in das Haus, Luckas´ Elternhaus. Der frische Duft von Sophie regt ihre Aufmerksamkeit nicht auf, und denkt an gestrigen gemeinsamen Abend zurück.

Als sie die Treppe hochsteigt, nehmen ihre Ohren ungewöhnliche Laute wahr.
„Sind Luckas´ Eltern schon zurück? Das ist unmöglich", schleichen sich Gedanken in ihren Kopf.

Das Lachen und Stöhnen vom Luckas.
Sie hat zwei Beine, leiht mehrere dazu, steigt die Treppe empor und ist schon in Luckas´ Schlafzimmer. Elektrisiert steht sie da. Es bedürfte keiner Erkältung.... Überrascht steht Luckas auf der Stelle auf, versucht vergeblich, seinen bloßen Körper zu umhüllen. Sophie ist kreidebleich.

Die Zeit vergeht ungewöhnlich langsam. Die Zeit steht still.

Der Erste, der sich beherrscht, ist Luckas.
„Liebling, ..." Versucht er sanft etwas zu sagen.

„Halt dein stinkendes Maul..." Kommt außergewöhnlich von ihr heraus.

Nach einer langen Weile zeigt Luckas ihr wahres Gesicht.
„Eine gelungene Aktion. Du spionierst mir nach."

In der Tat ist Luckas ein Angstmuster, ein Feigling. Um seine Ängste zu verbergen, geht er zur Gegenattacke über. Das tut er immer. Ihm fehlt es zwar vom Nichts, doch ist er eingeschüchtert großgezogen worden. Von Kindheit an wurde er durch seine Eltern immer wieder zur Rechenschaft gezogen. Bis zu seiner Pubertät machte er ins Bett.

Trotz seines schroffen Aussehens wird er von einem Minderwertigkeitsgefühl geplagt. Er muss sich ständig beweisen. Daher zeigt er genau das, was er nicht ist, nämlich ein Held, jemand, der vor nichts Angst hat.

In seinem ganzen Leben war er auf der Suche, sich zu rechtfertigen, besonders seinen Eltern gegenüber. Diese Kunst beherrscht er hervorragend.

Er philosophiert viel, um sich wichtig zu zeigen, um zu darzulegen, dass er ein gebildeter Mann ist. Er stellt sich romantisch vor, was er überhaupt nicht ist. Dies versucht er mithilfe von Geschenken, Blumen und durch das Auswendiglernen leidenschaftlicher Gedichte.

Pia lehnt sich an die geöffnete Tür, dann lässt sich unter rutschen und kniend flüstert sie:
„Mama, es tut mir leid…" Ein Mischgefühl aus Selbstmitleid, Zorn, Reue und Beleidigung überwältigt sie.

Die Vorwarnungen ihrer Mutter und anderer wurden auf einmal wahr. Unbewusst vergießt sie Tränen.

Luckas wird wieder weicher:
„Du weißt, dass ich dich liebe." Das tut er auch.
Doch ein zorniger Blick von Pia reicht aus, dass er wieder ausrastet.
„Für wen hältst du dich? Du kümmerst dich nur um deine Kariere und Bildung. Ich bin ein Mann und habe meine Bedürfnisse. Selbst gestern Abend wolltest du von mir nichts wissen. Ich muss mich doch irgendwie befriedigen."

Beängstigend meldet sich Sophie zu Wort, die sich inzwischen angezogen hat:
„Pia, Liebling. Tut mir aufrichtig leid. Das war das erste und das letzte Mal…"
„Schweige!" Befehlt Luckas: „Sie lügt. Wir kennen uns, bevor ich dich gekannt habe. Du hast ihre Liebe geraubt…"

Pia steht wieder auf, bricht auf der Stelle die Beziehung ab und schlägt mit aller Kraft die antike Vase, die sie von der afghanischen Kulturministerin zum Geschenk bekommen hatte und sie Luckas als Geburtstagsgeschenk weitergegeben hatte.

Das war zu viel für Luckas. Er liebte die Vase und ein Bruch von Beziehung zu Pia war für ihn nicht hinnehmbar. Er betrachtete sie als sein Eigentum. Niemals hätte er eine solche Reaktion von Pia erwartet. Er erwartete von keinem so etwas. Durch seine raffinierte intrigante Haltung täuschte er sich selbst, betrachtete sich als eine Perfektion und gab sich alle recht der Welt auf das, was er sagte und was er tat.

So kocht er nun vor Wut, vergisst, was er eben trieb, und fingt an, Pia mit obszönen, schäbigen Worten zu beschimpfen, zunächst gemäßigt, dann unangebracht. „Frage dich selbst, wie kaltblütig du bist. Dir ist es egal, wie es mir geht. Du bist doch eine Frau, nur eine Frau. Mehr oder weniger wie alle anderen. Benimm dich in deinem Rahmen…. Ich liebe dich, kein Zweifel…"

„Nenne das Wort Liebe in deinem dreckigen Mund nicht." Hört sich Pia sagen.

Nun aus Angst, entlarvt zu werden, seine Aura zu verlieren, Pia zu verlieren, erhebt er seine Stimme und weiß selbst nicht, was er sagt.

Als Pia seine Schimpfwörter zunächst mit offenem Mund entgegennimmt und diese dann verhältnismäßig erwidert, schlägt er sie mit aller Härte ins Gesicht.

Pia fällt zu Boden. Trotz des Schwindelgefühls steht sie auf und sammelt ihr sorgfältig ausgewähltes Kleid. Obwohl er sich reuevoll zurückzieht, ist Pia überrascht. Sie hatte nie Erfahrung mit körperlicher Gewalt, weder in ihrer Kindheit noch als junges Mädchen, weder zu Hause noch in der Gesellschaft. Zum ersten Mal hat sie es erlebt, sodass sie vergisst, wie sie reagieren soll. Nicht nur ihre blutige Nase und ihr Gesicht schmerzen, sondern auch ihr ganzer Körper.

Damit bricht ihre Welt zusammen: „Wie kann ein Mensch einen anderen schlagen?" Kommt ihr rätselhaft vor.

Vergessend die Mappe, eilt sie blutbeschmiert, trotz der Hindernisversuche von Luckas aus dem Hause, direkt zum Polizeirevier und erstattet eine Anzeige wegen schwerer Körperverletzung gegen ihren Freund.

Es wurde ermittelt. Die DNA-Analyse und Verletzungen fachmännisch aufgenommen. Während Pia trotz ihrer Weigerung zu weiteren Untersuchungen und zur weiteren Behandlung ins Krankenhaus gebracht wurde, wurde Luckas in Gewahrsam genommen, was er widerstandslos zuließ.

Pia wirkte danach psychisch geschlagen und musste

sich psychologischen Therapien unterziehen
In einem Schlag wurden ihr Leben, ihre Träume
zerstört. Sie verlor ihre zwei Geliebten, ihre zwei
Vertrauten. Sie teilte keinem ihre Leiden mit, ihrer
Mutter schon gar nicht, teilweise aus Schamgefühl,
teilweise, weil sie sie ohnehin nicht verstehen wollte.
Doch sie ließ es nicht locker.

Alle Vorschläge für eine Versöhnung, oder eine
Wiedergutmachung wies sie vehement zurück. Obwohl
sie aus Überzeugung keinen Menschen hasste, doch
ihre Liebe zu Luckas hat sich in einen Hass verwandelt.
Jeden Annäherungsversuch von Sophie wies sie
ebenfalls energisch von sich.

Inzwischen verschwand Sophie von der Bildfläche.
Luckas´ Antrag auf Kaution wurde aufgrund der von
ihm ausgehenden Gefahr abgelehnt. Zum ersten Mal in
seinem Leben musste er in Gewahrsam genommen
werden. Er musste in die Untersuchungshaft.

Es kam zu den juristischen Verhandlungen. Pia musste
sich juristisch vertreten lassen. Sie suchte eine
Anwältin, doch die Wahl fiel auf Jan Neumann, einen
erfolgreichen Spezialisten für familiäre Gewalt und
Konflikte.

Überraschend musste Pia feststellen, dass der Anwalt
sie nicht nur fachmännisch, sondern leidenschaftlich
verteidigte.

Dank des Vermögens seines Vaters wurde Luckas durch
einen der besten Rechtsverteidiger der Stadt vertreten.

Da Luckas sich weigerte, ein ausführliches Geständnis

abzulegen, zog sich die Verhandlung in die Länge. Es wurden heimliche, teilweise perverse Beziehungen von ihm entlarvt, für die seine Eltern, bzw. sein Vater kein Verständnis hatte.

In der Nacht vor dem fünften Verhandlungstag musste Jan Pia bei ihr Zuhause besuchen, was für ihn und auch sie ungewöhnlich erschien. Doch es musste geschehen, da sie sich telefonisch nicht einigen könnten.
Das war auch möglich, weil Pia sich am Tag der Verhandlung freigenommen haten.

Das geplante einstündige Gespräch zog sich dank Pias Gesprächsbedarf ungewöhnlich in die Länge.
Inzwischen erzählte Jan ihr großzügig von seiner Scheidung und seiner verletzten Seele.

Trotz ihrer ablehnenden Haltung Männern gegenüber fühlte sich Pia allmählich zu dem um einige Jahre älteren und seelisch verletzten Rechtsanwalt hingezogen, was er vorsichtig erwiderte.

Am siebten Verhandlungstag wurde Luckas wegen seiner bisherigen makellosen Vergangenheit zu neun Monaten Haft und zur Zahlung von Schmerzensgeld verurteilt, was er als unrechtmäßige Behandlung empfand.

Er liebte Pia und hasste sie gleichzeitig. Aus dem Gefängnis und danach versuchte er, einen Neuanfang mit ihr zu machen, doch alles war vergebens. Dann begann er mit den Bedrohungen, schriftlich, per E-Mail und auf andere Weisen, ohne vor den Konsequenzen zu fürchten.

Kaum ein Tag verging ohne seinen Psychoterror. Er stalkte sie auf Schritt und Tritt. Dadurch entdeckte er die frische Beziehung zwischen ihr und dem Rechtsanwalt.

Als die Bedrohungen trotz richterlicher Abmahnungen eine bedenkliche Wendung nahmen und sehr real erschienen, wurden erneut die Sicherheitsbehörden involviert. Letztendlich empfahlen sie Pia, zu ihrer Sicherheit eine Waffe zu tragen, was sie sofort annahm. Von dieser trennte sie sich selbst in ihrem Schlafzimmer nicht.

Andererseits entwickelten und festigten sich die Beziehungen zwischen Pia und Jan von Tag zu Tag.

Pia fühlt sich nun so heimisch und vertraut bei Gina, dass sie ihr ihre Geschichte mit allen Details und in aller Ruhe erzählt. Dabei fällt ihr gar nicht auf, dass sie Gina nicht die Gelegenheit gibt, ihre eigene Geschichte zu erzählen.

Sie schaut nochmals auf ihr Handy und bemerkenswert stellt fest, dass Jan schon vor anderthalb Stunden hätte da sein sollen.

Entschuldigend sucht sie Jans Nummer und während sie auf sein Bild tippen wollte, sagt Gina erstaunt: „Auf den wartest du?"

„Ja, warum? Kennst du ihn?"

„Ich warte auch auf ihn, bzw. er auf mich."

Auf einmal fühlt sich Pia schlecht, die Schwäche zieht sich von ihren Beinen bis zum ganzen Körper. Die Angst, einen Schlaganfall zu bekommen, überkommt sie. Dennoch atmet sie tief, versucht sich zu beherrschen. Unendliche Gedanken gehen ihr durch den Kopf.

„Wie lange kennst du ihn?" fragt sie mechanisch, zeigt kein Interesse an der Art der Bekanntschaft oder der Beziehung. So etwas kommt ihr gar nicht in den Sinn.

„Seit einer Ewigkeit." Sagt Gina gelassen.

Gina freut sich über die Entwicklung der Dinge. Sie freut sich, ihre Rolle perfekt gespielt zu haben.

Pia geht davon aus, dass Gina sich freut, um den doppelseitigen Mann entlarven zu können. Doch Ginas Freude hat einen anderen Grund, den sie gerne für sich behalten möchte, was ihre Perfektion unterstreicht

„Wo wartet er auf dich?"

„In der Trinkhalle ÜBERRASCHUNG, wo man gemütlich Essen, Trinken und Tanzen kann."

„Kenne ich."

Ohne Gina einzuladen, mitzukommen, zahlt sie die Rechnung und steht auf.

„Warte, ich komme mit." Gina folgt ihr, ohne auf eine Antwort zu warten.

Gekocht vor Wut fährt sie schneller als erlaubt. Je rasanter sie fährt, umso schneller steigt in ihr das vertraute Hassgefühl Männern gegenüber. Je mehr sie versucht, sich vor Gina gelassen zu zeigen, umso durcheinander wirkt sie. Tränen hat sie nicht mehr zu vergießen. Sie merkt, dass ihr Körper, ihr Kopf heiß geworden sind. Auf einige Bemerkungen von Gina reagiert sie gar nicht, und wenn, dann ohne logische Verbindung. Sie stottert sogar. Sie kann an nichts anderes denken als an Hass und Rache.

Am Parkplatz angekommen, merkt sie überhaupt nicht, wie sie aus dem Auto steigt, gefolgt von Gina. Sie bemerkt nicht einmal, dass sie neben Luckas´ Auto geparkt hat. Hastig geht sie auf das Lokal zu.

Sie kann ihren Augen kaum glauben. Jan sitzt auf der Theke, umkreist von Mädchen und Jungen.

Das Lokal ist voll. Es sieht so aus, als säßen sie alle im Raucherbereich. Fast alle trinken, rauchen, lachen und einige essen. Eine sehr friedliche, romantische Atmosphäre.

In dem Moment, dass sie und Gina in das Lokal eintreten, sagt Jan:
„Ich liebe dich, Hellene." Eine Arbeitskollegin, die vor kurzem ein schweres Verfahren gewonnen hatte.

"Überraschung". Der Freudenschrei von Gina, Jans Zwillingsschwester, versiegt mit dem lauten Knall des Schusses in der Luft.
Der Knall übertönt alles.

Der Hochzeitsring rollt mit einem Rinnsal des Blutes

SELBSTMORATTENTÄTER

von Jan vor Pias Füße.

Bei der Festnahme flüstert die Polizistin Luckas zu: „Dieses Mal hast du keine Chance, vorzeitig rauszukommen".

„Mal sehen. Die Pistole gehört nicht mir", erwidert Luckas mit einem bitteren Lächeln …

****

Gemälde: Anil Djojan

SELBSTMORATTENTÄTER

SELBSTMORATTENTÄTER